ALSO FÜR MICH IST DAS NORMAL!

100 NICHT GANZ NORMALE DINGE, DIE WIR AUS KATZENLIEBE TUN.

CLEMENT OBIEGBU

Clement Obiegbu
Neunbrunnenstrasse 165, 8050 Zürich

ISBN
Hardback: 978-3-75-198460-7
Paperback: 979-8-67-152125-2

clement.obiegbu@gmail.com

ALSO FÜR MICH IST DAS NORMAL!

VON KATZENFREUND ZU KATZENFREUND

Dieses Buch ist eine Sammlung von Anekdoten, die so nur das Zusammenleben mit Katzen schreibt. Ich durfte sie mit meinen eigenen Katzen erleben, sie wurden mir von Freunden berichtet oder ich hatte sie beobachtet. Geschichten, die für Katzenlose eventuell leicht verrückt erscheinen. Für wahre Katzenenthusiasten gibt es aber keine Grenzen, wenn es um die Liebe zu Samtpfoten geht. Für sie ist selbst noch die absurdeste Sache irgendwie total normal.

Eine Sache noch, bevor es losgeht: Wenn du einen Textfehler findest lass mich gerne wissen, wo eine Verbesserung fällig ist. Dankeschön. Ich glaube nämlich, dass ich meine Katzen besser nicht mit dem Korrekturlesen beauftragen hätte sollen. Jetzt aber viel Spaß beim Lesen.

Über den Autor

Ich weiß nicht, ob man seinen eigenen Klappentext schreiben sollte, aber ich mach es einfach mal: Der Autor (also ich) wuchs mit Katzen auf und ist seitdem süchtig nach ihnen. Dieses Buch zu schreiben war eine Herzensangelegenheit. Der gebürtige Wiener (noch immer ich) lebt und arbeitet derzeit mit seinen beiden Katzen in Zürich. Die Katzen arbeiten natürlich nicht.

Für meine Katzen Charlie, Nala, Mephisto, Chico und Cara. Dank ihnen habe ich gelernt, dass ein Leben ohne Katzen bloß halb so schön ist. Wenn überhaupt.

1

Verrenkung besser als Kränkung

Es ist Nacht, du liegst im Bett, du willst schlafen. Deine Katze liegt neben dir, sie schläft bereits. Oder wie du vermutest: Sie tut bloß so. Sie weiß nämlich ganz genau, dass – wenn sie erst mal eingeschlafen ist – du es nicht wagen würdest, dich hin-und her zu wälzen. Hat sie eine finale Schlafposition eingenommen, gibt es für sie kein größeres Verbrechen, als wenn du dich noch mal bewegst. Für dich selbst gibt es keinen entspannenderen Anblick als deine schlafende Katze. Entspanntere Haltungen als deine jetzige würden dir hingegen dutzende einfallen. Es bleibt dir aber nichts anderes übrig, als in deiner unbequemen Haltung zu verweilen und darauf zu hoffen, doch noch irgendwann einschlafen zu können. Hoffentlich.

2

Im Gepäck: Ein Herz für Katzen

Nicht jeder Katze geht es so gut wie deinem Stubentiger. Das macht dir zu schaffen. Vor allem, wenn du ins nicht ganz so wohlhabende Ausland reist. Während andere Mitreisende auf staubigen Straßen ihren Drang nach touristischen Sehenswürdigkeiten befriedigen, vergeht kaum eine Sekunde, ohne dass dir ein „Oh, die Arme" oder „Ach, wie traurig" entfährt. Der Grund ist immer derselbe: Du hast eine der zahlreichen streunenden Katzen entdeckt, die vom Leben auf der Straße gezeichnet sind. Um für solche Momente gerüstet zu sein, hast du dir angewöhnt, deine Unterkunft immer mit einem Rucksack voller Katzen-Leckereien zu verlassen. Das Futter, das du für diesen Anlass kiloweise aus deiner Heimat angeschleppt hast, ist quasi deine Katzen-Entwicklungshilfe. Stundenlang fütterst du anschließend jede Straßenkatze, die du finden kannst. Dabei achtest du bei größeren Ansammlungen sorgsam darauf, dass auch die Kleinsten und Schwächsten etwas abbekommen. Hockend in der brütenden Hitze Futter an zerrupfte Katzen verteilen? Ein Urlaub ganz nach deinem Geschmack!

3

Ein wahrer Gourmet

Du bist mal wieder so richtig abgebrannt und hast gerade noch genügend Geld, um die nächsten Tage Reis mit Sauce essen zu können. Aber wehe, es geht um das Futter deiner Katze. Eher würdest du deinen Körper verkaufen als bei diesem Posten zu sparen. Für deinen Liebling ist nämlich nur das Beste gut genug. Vielleicht war sie schon immer ein Feinschmecker, vielleicht hast du sie erst dazu gemacht. So genau wisst ihr das beide nicht mehr. Tatsache ist, du servierst ihr ausschließlich Futter aus winzigen, edlen Schälchen. Davon kostet eine einzige Mahlzeit beinahe so viel wie dein Frühstück, Mittag- und Abendessen zusammen. Wenn deine Katze genüsslich die winzigen Fleischstückchen mit lautem Schmatzen vertilgt, überkommt dich aber trotzdem nicht der Neid. Schließlich kannst du von ihren liebevollen Blicken viel länger zehren als vom feinsten 6-Gänge-Menü der Welt.

4

Ein kurzes Liebesgedicht

Du magst das Mädchen. Und das Mädchen mag dich. Doch das Mädchen mag die Katze nicht. Und die Katze mag das Mädchen nicht. Jetzt magst auch du das Mädchen nicht. Ende.

5

Urlaub auf Balkonien

Du warst früher einer von ihnen. Einer dieser ständig reisenden Instagramer, die mit Hashtags wie #travel, #world und #experience bloß nur so um sich werfen. Auch du hast zahlreiche Strände dieser Welt gesehen und warst bereit noch viele weitere zu entdecken. Dachtest du zumindest bis zu genau jenem Tag, an dem du dir eine Katze angeschafft hast. Jetzt ist sie für dich dein Ein und Alles und bedeutet dir mehr, als jeder Traum-Bungalow an einer einsamen Küste. Du bringst es schon kaum übers Herz, sie auch nur für einen Tag alleine zu lassen. Wie könntest du sie da jemals in die Obhut eines anderen geben, um für Wochen zu verreisen? Nein, selbst in deinen kühnsten Träumen kannst du dir das nicht mehr vorstellen. Traurig bist du darüber keinesfalls. Urlaub zu Hause ist ja schließlich auch nicht schlecht, dort wartet immerhin eine Katze auf dich.

6

Traumwohnung

In deiner Stadt ist Wohnraum nicht nur furchtbar knapp, sondern vor allem auch schrecklich teuer. Aus diesem Grund musstest du bis jetzt in einer schäbigen Wohnung am Stadtrand hausen. Nur allzu gern würdest du mit deiner Samtpfote aus dieser Bretterbude ausziehen. Und siehe da, völlig unerwartet erhältst du die Chance deines Mieterlebens. Jemand aus deinem Freundeskreis hat eine Wohnung abzugeben. Zentrale Lage, günstiger Mietpreis, alles prima. Du ergreifst die Gelegenheit und besichtigst noch am selben Tag den Wohntraum. Und tatsächlich ist alles wie beschrieben. Die Wohnung ist groß, hell und günstig. Selbst die Nachbarn sind verflucht freundlich. Mit dem

Die Selbstachtung einer Katze ist außerordentlich.

Christian Morgenstern

Vermieter ist alles geklärt, jetzt musst du bloß noch unterschreiben. Bis dir diese eine kleine, aber so verhängnisvolle Frage über die Lippen rutscht: „Sind Katzen erlaubt?“ Die Antwort des Mannes, der die Schlüssel zwecks Übergabe bereits in den Händen hält, ist eindeutig und trifft dich direkt ins Herz: „Nein!“. Tja, was soll man da machen. Du jedenfalls hast auf dem Absatz kehrtgemacht und bist nach Hause gegangen. Dort holst du dir Trost von demjenigen, der dir in deinem Leben am wichtigsten ist: deiner Katze. Wer braucht da schon Südbalkon mit Cityblick.

Ich wünschte, ich könnte so mysteriös schreiben wie es Katzen sind.

EDGAR ELLEN POE

7

Möbel-Terminator

Besonderer Schnitt, besondere Farbe, echtes Leder. Ja, deine Couch war richtig teuer. Deine Katze ist dir allerdings noch teurer. Deshalb hast du sie nach anfänglichem Schock und wiederholten Verscheuchversuchen schließlich gewähren lassen. Jetzt schärft sie ungeniert ihre Krallen am Nappaleder. Genauso wie sie es an den Beinen deines Massivholztisches tut. Und deinem Teppich aus dem Iran. Und überhaupt an so ziemlich jedem Möbelstück, dessen Wert über dem des Kratzbaumes liegt, der seit seiner Anschaffung ein einsames Dasein fristet. Deine Katze hat eben einen exquisiten Geschmack – auch bei der Krallenpflege.

8

MIAUEN FOR LOVE

Du sprichst keine einzige menschliche Fremdsprache fließend. Die deiner Katze hast du allerdings perfekt gelernt. Miauen kannst du, und zwar in allen Tonlagen. Wenn man den Reaktionen deiner Katze Glauben schenken darf, machst du das sogar richtig gut. Oft führt ihr spannende Unterhaltungen über die Erlebnisse des Tages, beklagt euch über die Ungerechtigkeiten des Lebens oder begrüßt euch bloß freundlich, wenn ihr euch auf dem Flur begegnet. Wer benötigt da schon die Kenntnis von Fremdsprachen, wenn man die einzige Sprache spricht, die wirklich zählt: Die Sprache seiner liebsten Katze.

GAME OVER

Du bist passionierter Gamer. Bereits seit Jahren zockst du dich erfolgreich durch diverse Online-Shooter. Deine Kill-Statistiken sind beeindruckend und dein Username verbreitet in so manchem Gamer-Forum Angst und Schrecken. Nur manchmal scheint es für deine Mitspieler so, dass du etwas unkonzentriert zu Werke gehst. Dir doch egal. Was deine Gaming-Buddies nämlich nicht wissen: Was als Unaufmerksamkeit beim Spielen interpretiert werden kann, bedeutet in Wirklichkeit große Aufmerksamkeit für deine Katze. Denn wann auch immer sie auf den Tisch springt und sich anschließend gekonnt auf deine Tastatur fallen lässt, stellst du das seelenlose Geballer gerne sofort ein und widmest deine ganze Aufmerksamkeit nur noch ihr.

10

Die Macht des Joghurt

Eigentlich bist du gar kein sonderlich großer Joghurt-Fan. Trotzdem führt dich dein erster Gang bei jedem Einkauf direkt zum Milchregal. Dort angekommen, deckst du dich mit Joghurt-Bechern der unterschiedlichsten Geschmacksrichtungen ein. Primär nicht für dich, sondern für deine Samtpfote. Sie ist der Joghurt-Liebhaber in eurem Haushalt. Und auch wenn du ihr nie einen ganzen Joghurt-Becher verfüttern würdest, so gibt es doch nichts Schöneres, als deiner Katze dabei zuzusehen, wie sie genüsslich den Deckel ableckt. Ein Moment puren Glücks für euch beide.

11

Parkplatzsuche

Ins zu kleine Badezimmer? In die Küche vielleicht? Oder doch ins Wohnzimmer? Nach vielem Hin und Her hast du dich schließlich dazu entschieden, das Katzenklo deines kuscheligen Gefährten in dein Arbeitszimmer zu stellen. Das bedeutet: Aus deinem Arbeitszimmer wurde nun offiziell ein Sch***zimmer. Du setzt es trotzdem von der Steuer ab, jetzt erst recht.

12

Nachts um halb vier

Eine Freigänger-Geschichte

Das Buch ist zugeklappt, die Nachttischlampe ausgeschalten und der Wecker gestellt. Kurzum: Du bist bereit, einzuschlafen. Für deine Katze ist jetzt der perfekte Moment gekommen, dich daran zu erinnern, dass sie liebend gerne noch in den Garten gelassen werden würde. Wie immer teilt sie dir das auf ihre unnachahmliche, charmante Art und Weise mit – mittels lauten Miauens. Jetzt stehst du vor der Wahl: Aufstehen, sie in die Freiheit entlassen und so riskieren, in deiner Tiefschlafphase durch Kratzen an der Tür aus den Träumen gerissen zu werden? Oder im Bett liegen bleiben und noch weitere fünf Minuten ihr wehleidiges Klagen über dich ergehen lassen? Weil diese Wahl nur theoretischer Natur ist und daher immer gleich ausfällt, öffnest du ihr auch dieses Mal wieder wenig später die Tür nach draußen. Exakt um Punkt 04:33 Uhr meldet sie sich dann von ihrem nächtlichen Ausflug durch Kratzen wieder zurück. Was für dich bedeutet: wieder aufzustehen und im Halbschlaf eine glückliche Katze zur Tür hereinzulassen. Zum Dank reibt sie sich freundlich an deinen Beinen, während sie nach drinnen stolziert. Katze müsste man sein.

13

Wasser Marsch!

Was war zuerst: Die trinkende Katze oder der Wasserhahn, aus dem sie trinkt? Du weißt es nicht. Was du aber weißt, ist, dass deine Katze garantiert nie aus ihrer Wasserschüssel trinkt. Auch nicht aus dem teuren Trinkbrunnen, den du für sie angeschafft hast. Deine Katze trinkt nur aus dem laufenden Wasserhahn. Das bedeutet, dass du täglich mehrere Minuten einplanen musst, in denen du neben dem Waschbecken stehst, das Wasser laufen lässt und geduldig darauf wartest, dass deine Katze angetänzelt kommt. Sobald sie sich mit einem Sprung elegant am Waschbeckenrand positioniert hat, startet deine Routine. Du beginnst sie zum Trinken zu animieren. Wie ein Zauberer fährst du langsam mit der Hand durch das kühle Nass und hörst erst damit auf, wenn sie begonnen hat, zu trinken. Du bleibst daneben stehen und siehst ihr dabei zu, wie sie mit ihrer Zunge nach dem Wasserstrahl schnappt. Für dich eine ganz besondere Art der Meditation. Sobald deine Katze ihrer Ansicht nach genug getrunken hat, dankt sie es dir mit einem zufriedenen Blick, kurz bevor sie sich mit einem Sprung Richtung Boden begibt und aus dem Bad eilt. Was tut man nicht alles, damit die eigene Samtpfote hydriert bleibt!

Wer mit Katzen spielt, darf Kratzer nicht scheuen.

AUS ÄGYPTEN

14

Der Spiele-Entwickler

Katzenspielzeug von der Stange? Nicht mit dir. Du entwickelst für deinen Stubentiger immer wieder aufs Neue ausgefallene Spielmöglichkeiten, die jene aus dem Laden bei Weitem übertreffen. Der Erfolg gibt dir recht. Während das Spielzeug aus dem Tiermarkt schon nach wenigen Stunden in der Ecke landet, bleiben deine Eigenkreationen bis zur absoluten Zerstörung in Verwendung. Deine letzte großartige Erfindung, die „Laserpointer-Discokugel", überforderte in ihrem Betrieb dann allerdings nicht nur deine Katze, sondern auch dich selbst.

Statt die Katze zu verjagen, stell den Teller weg.

AUS JAPAN

15

Pechvögel

Es gibt Menschen, die reagieren allergisch auf Katzen – sogenannte Arschlöcher. Und dann gibt es welche, die haben tatsächlich eine Katzenallergie. Das wiederum sind arme Schweine. Denn wie man es schaffen will, sein ganzes Leben ohne Katze zu verbringen, ist und bleibt dir ein Rätsel. Da schon lieber gleich tot sein.

16

Kuschelzwang

Es gibt wohl keinen Katzenfan auf dieser Welt, der noch nicht seine eigene Katze geküsst hat. Oder die eines Freundes. Oder einfach irgendeine wildfremde. Du bist definitiv einer von ihnen. Sobald du eine Samtpfote zu Greifen bekommst, fällst du, ohne zu zögern, über sie her und küsst zu. Du knuddelst, umarmst und liebkost sie dann so lange, bis sie nicht mehr möchte. Falls sie überhaupt jemals mochte. Deine eigene Katze deckst du dabei am liebsten mit dicken Schmatzern auf ihren flauschigen Kopf ein. Wenn sie sich dann endgültig von dir losreißen kann, um schleunigst das Weite zu suchen, bist du im ersten Moment tieftraurig. Weil du aber gelernt hast, was es heißt, eine Katze zu lieben, kannst du mit Zurückweisung mittlerweile recht gut umgehen. Anstelle in Selbstmitleid zu versinken, heckst du deshalb bereits kurze Zeit später viel lieber einen Plan aus, wie du sie das nächste Mal zu fassen bekommst.

17

Einfach nur krank

Egal, wie elend du dich fühlst oder wie schwach du bist, du schleppst dich trotzdem zur Arbeit. Deine Krankentage benötigst du nämlich für etwas Wichtigeres als dich selbst – für deine Katze. Wenn es ihr nicht gut geht, ist der Fall für dich sofort klar: Du bleibst bei ihr zuhause. Natürlich sagst du deinem Arbeitgeber nicht, dass du wegen deiner kranken Katze nicht erscheinst. Du bist ja nicht irre. Obwohl es in deinem Büro großes Verständnis für familiäre Situationen gibt, befürchtest du damit, einen Schritt zu weit zu gehen. Deshalb meldest du dich lieber selber krank, sozusagen als Ausgleich für all die Tage, an denen du trotz Krankheit pflichtbewusst an deinem Schreibtisch gesessen hast. Deine Katze braucht dich jetzt nun mal dringender als Excel-Tabellen und nörgelnde Kunden. Basta.

18

Willkommen in der Kampfzone

Ein leidenschaftlicher Katzenbesitzer hat immer zwei Arme: Einen guten, den man in der Öffentlichkeit herzeigen kann. Und diesen anderen, der von blutigen Kratzspuren der eigenen Katze derartig übersät ist, dass Mitmenschen sich danach umdrehen – verstörte Blicke inklusive. Auch du hast einen solchen Arm. Im Winter ist das selten ein Problem, da lassen sich die Kampfspuren durch langärmelige Shirts und Handschuhe bestens verdecken. Bloß im Sommer wird es schwierig. Dann denken sich die meisten entweder, dass du dich ritzt, oder gehen davon aus, dass du jemanden im Kampf erwürgt hast. Doch ganz selten kommt es vor, dass du unterwegs auf einen Leidensgenossen triffst, dessen Arm ebenfalls sichtlich gezeichnet ist. Dann werft ihr euch gegenseitig einen verschwörerischen Blick zu. Ihr wisst: Die Liebe zu einer Katze kennt keinen Schmerz.

19

Seite an Seite

Bis dein jetziger Partner bei dir übernachten durfte, brauchte es Monate. Bis deine große Liebe zu dir ins Bett durfte, nur einen einzigen Blick. Spätestens als sie dich mit ihren unfassbar großen Katzenaugen ansah, hast du alle guten Vorsätze über Bord geworfen und ihr erlaubt, in dein Bett zu hüpfen. Katzen sollen nicht im Bett schlafen? Deine einzige Antwort darauf: „Wo denn sonst?"

Was sind wir für Philosophen, wenn wir nichts von Ursprung und Bestimmung der Katzen wissen.

HENRY DAVID THOREAU

20

Staub lass nach

Bei dir zu Hause richtet sich alles nach deiner Katze. Auch das Saubermachen. Nie würdest du es wagen, den Staubsauger auch nur zu berühren, wenn dein Liebling schläft. Ist doch völlig egal, dass du am Nachmittag Besuch von Verwandten erwartest und derzeit noch Staubballen so groß wie Präriebüsche durch die Zimmer wehen. Deine Gäste werden sich schon an den Anblick gewöhnen. Außerdem ist dir ihr Urteil egal. Schlaf geht eben nun mal vor. Vor allem der deiner Samtpfote.

Gott schuf die Katze, damit der Mensch einen Tiger zum Streicheln hat.

VICTOR HUGO

21

Eine Frage des Stils

Manche Menschen richten ihre Wohnung im Retro-Stil ein, einige schwören auf Industrial und wieder andere auf Glamour. Dein persönlicher Einrichtungsstil heißt Katze. Das bedeutet, dass rein gar nichts so aussieht, wie du es eigentlich möchtest, aber alles so, wie Katze es braucht. Vasen auf einem schmalen Tischlein? Nö. Kratzbaum mitten im Wohnzimmer: Logo. Schöne Blumen in der Küche? Niemals. Katzengras in jeder Ecke: Ehrensache. So hast du Stück für Stück aus deiner ehemals stylish eingerichteten Wohnung ein wahres Katzenresort gemacht. Es ist doch so: Wenn sich deine Katze wohlfühlt, fühlst auch du dich zu Hause.

22

Sing My Song

Nach eingängiger Studie der Verhaltensweise deiner Katze hast du herausgefunden, dass sie es mag, wenn du ihr vorsingst. Ob Mariah Carey, Depeche Mode oder sogar Stücke von Kraftwerk: Ihr gefällt, was dich besonders komisch dastehen lässt. Und obwohl du jede Art der Castingshow grundsätzlich verachtest, bist du nun selbst Hauptdarsteller in einer. Wenn deiner Katze die Vorstellung gefällt, bleibt sie gebannt vor dir sitzen und schaut dich begeistert an. Doch wehe, es missfällt ihr. Dann ist sie ganz schnell gelangweilt und macht sich grußlos aus dem Staub. Das Letzte, was man dann von ihr sieht, ist der Katzenschwanz, der um die Ecke biegt. Das bedeutet 0 Punkte, setzen.

23

Nichts als Sorgen

Eine Freigänger-Geschichte

Wie es sich anfühlt, vor Sorge um das eigene Kind, kein Auge zuzumachen? Wen interessiert das, du hast ja keine. Außerdem bestimmt nicht viel schlimmer, als nicht zu wissen, wo die eigene Katze steckt. Immer dann, wenn dein 4-pfotiger Columbus in der Nachbarschaft auf Erkundungsreise geht, hast du einen dicken Kloß im Hals. Es wäre schließlich nicht das erste Mal, dass eine Katze von ihrem nächtlichen Ausflug nicht mehr heimkommt. Heute ist wieder so ein Tag. Es ist bereits spät, sehr spät. Normalerweise wäre dein Schatz um diese Zeit schon längst wieder zu Hause, um sich sein verdientes Abendmahl abzuholen. Doch noch ist sie nicht zurück.

Die Menschheit läßt sich grob in zwei Gruppen einteilen: in Katzenliebhaber und in vom Leben Benachteiligte.

FRANCESCO PETRARCA

Was sie wohl wieder da draußen treibt? Ist sie von anderen Katzen gejagt worden? Wurde sie angefahren? Hat ein fieser Tierquäler sie in seiner Gewalt? Die wildesten Gedanken gehen dir durch den Kopf, als du spätnachts zum wiederholten Male vor die Tür trittst, um ihren Namen zu rufen. Anstatt dich ins Bett zu legen und dich für den morgigen Arbeitstag auszuruhen, bleibst du also munter. Voller Sorge. Und zwar so lange, bis sie frühmorgens an der Türe kratzt. Dann kommt sie hereinspaziert, als wäre nichts gewesen. Natürlich kannst du ihr nicht lange böse sein. Man ist eben nur einmal jung … oder Katze.

Wenn du ihre Zuneigung verdient hast, wird eine Katze dein Freund sein, aber niemals dein Sklave.

THÉOPHILE GAUTIER

24

Goldene Zeiten

Als dir deine verstorbene Oma vergoldete Teller vererbte, wusstest du anfangs nicht, wohin damit. Trotzdem wolltest du sie nicht in den Keller stellen oder gar am Flohmarkt verkaufen, so etwas gehört sich schließlich nicht. Du hast sie also in Ehren behalten. Und eines Tages kam dir die sprichwörtlich goldene Idee. Seitdem nutzt du die feinen Teller, um deiner noch feineren Katze das Fressen zu kredenzen. Du degradierst das Geschirr dadurch aber nicht zu Katzenschüsseln – ganz im Gegenteil. Deine Oma wäre bestimmt glücklich. Sie mochte nämlich nicht nur dich, sondern sie liebte auch Katzen.

25

Ab unter die Dusche

Das Bad gilt als Refugium in jedem Haushalt. Nirgendwo sonst ist man für kurze Zeit so allein und ungestört. Das gilt für jeden Haushalt, bis auf deinen. Bei dir ist auch im Badezimmer deine Katze immer mit an Bord. Wenn du duschst, möchte sie verdammt nochmal mit dabei sein. Sie hält das für ihr Katzenrecht. Weil du keine Gesetzgebung kennst, die das widerlegt, springt dein furchtloser Tiger regelmäßig wie selbstverständlich zu dir unter die Dusche. Zwar ist er bei den ersten Wasserstrahlen meistens auch ganz schnell wieder verschwunden – was aber nicht bedeutet, dass du ab diesem Moment das Bad für dich alleine hast. Vielmehr macht er es sich auf dem Waschbecken gemütlich und beobachtet dich aufmerksam. Du hast dich schon öfters gefragt, ob er sich Sorgen macht, dir könnte etwas zustoßen. Wahrscheinlicher ist aber wohl eher, dass er sich fragt, welcher Idiot freiwillig unters Wasser geht.

26

Beziehungsfragen

Als deine neueste Flamme dir nach den ersten Dates gestehen musste, unter einer schweren Katzenallergie zu leiden, war das für dich erst mal ein Schock. Schließlich wusstest du, dass du eine schwierige Entscheidung zu fällen hast: Würdest du erst bei einem Treffen oder doch lieber gleich per Textnachricht Schluss machen?

Streichel-Marathon

Wer glaubt, dass es eine körperliche Höchstleistung ist, einmal im Jahr 42,195 Kilometer zu laufen, der soll einmal ausprobieren, was du tagtäglich durchstehst: den Streichel-Marathon. Klar, dabei kommt man vielleicht nicht so sehr ins Schwitzen wie beim Laufen, weniger anstrengend ist er deshalb aber noch lange nicht. Der Ablauf ist dabei täglich derselbe. Sobald du abends auf deiner Couch sitzt, kommt deine Katze angesprungen und verlangt nach Aufmerksamkeit. Die Rede ist nicht von kurz über den Rücken streicheln, sondern von exzessiven Streichel-Orgien. Nach 30 Minuten musst du zum ersten Mal die Hand wechseln. Das hilft für kurze Zeit. Doch nachdem du beide Hände müde gestreichelt hast, gehst du für deine Katze bis an die

Schmerzgrenze. Rhythmisches Schnurren ist die Belohnung für deine Dienste. Unzählige Male wurde ein Arm schon taub und du musstest ihn abstützen, um überhaupt noch weitermachen zu können. Deine Willenskraft steht in solchen Momenten denen eines gedopten Extremsportlers in keiner Weise nach. Weiter, immer weiter! Durch das Tal der Tränen, das Ziel immer vor Augen. Welches genau das ist? Der Moment, an dem deine Katze genug von dir hat und mit einem Satz von dir springt. „Dann mal bis morgen", würde sie sagen, wenn sie könnte, während du deine Arme mit einem Eispaket zu kühlen beginnst.

28

CATWALK

Es ist vollbracht. Ausgestattet mit einem Schlagbohrer hast du unzählige Löcher in die Wand gedrillt. Du hast Holzbretter abgemessen, zugeschnitten und geschliffen. Schrauben wurden von dir mit all der dir zur Verfügung stehenden Körperkraft in die Wand gedreht. Das Ergebnis kann sich sehen lassen: Du hast in deinem Wohnzimmer nichts Geringeres als das reinste Kletterparadies erschaffen. Es geht hoch und runter, kreuz und quer und mit gekonntem Sprung sogar auf die andere Seite. Jetzt sind deine Wohnzimmerwände zwar nicht mehr mit Kunst geschmückt, dafür aber mit einem nicht minder ziervollen Catwalk. Dass dein Vermieter dich beim Anblick deines Werkes wohl eher rauswerfen als loben würde, ist dir klar. Was er nicht weiß, macht ihn aber auch nicht heiß. „Das ist doch nicht normal", meinten Freunde, als sie dein Werk zum ersten Mal bestaunten? Doch was ist schon normal, wenn man seine Katze liebt.

29

Morgenstund hat Katzenfutter im Mund

Frühstück soll bekanntlich die wichtigste Mahlzeit des Tages sein. Das findet auch deine Katze. Die passende Uhrzeit dafür bestimmt, wie bei allem, einzig und alleine sie. Sobald sie geräuschvoll ihre Hungersnot zum Ausdruck gebracht hat, schälst du dich wie ein Zombie aus deinem warmen Bett. Du machst den Lichtschalter an, blinzelst dich zur Küche und fütterst deinen hungrigen Tiger mit dem, was er am liebsten hat: dem Anblick deiner Morgenmüdigkeit ... und Futter. Und obwohl du wieder eine halbe Ewigkeit brauchst, um danach einzuschlafen, ist es die Mühe wert. Denn nur wenige Minuten, nachdem du dich wieder hingelegt hast, springt deine Katze zu dir auf das Bett, macht es sich auf dir bequem und schläft sofort ein.

30

Happy Birthday!

Du vergisst den Geburtstag deiner Eltern, Geschwister und Freunde, aber den deiner Katze hast du dir dick und fett in deinem Kalender markiert. Wenn endlich der feierlichste Tag des Jahres gekommen ist, beschenkst du sie mit etwas ganz Besonderem. Von der Katzenhängematte über das speziell angefertigte Katzenlaufrad bis hin zur Katzenmassage-Station: Du setzt jedes Mal noch einen drauf. Dass sich die Freude deiner Katze manchmal in Grenzen hält, ist für dich nicht weiter schlimm – sie freut sich eben mehr nach innen. Derzeit planst du bereits die Feierlichkeiten für das kommende Jahr und hoffst still und heimlich, dass deine Katze noch 100 Jahre alt wird.

31

Retter in der Not

Eine Freigänger-Geschichte

Katzen sind gute Kletterer. Du hast allerdings schon öfters feststellen müssen, dass sie nicht besonders gute Wieder-Runter-Kletterer sind. Nicht nur einmal musstest du deine Katze aus höchster Not befreien. Tatsächlich holst du sie in regelmäßigen Abständen vom Dach des Nachbarn, von umliegenden Bäumen, LKWs oder von überall sonst, wo sie sich mal wieder selbstüberschätzt hat. Dass du bei deinen Rettungsaktionen ebenfalls Todesängste ausstehst, überspielst du routiniert. Sollte es irgendwann einmal auch für dich mit einem Abstieg nicht mehr klappen, muss die Feuerwehr eben für euch beide ausrücken. Notfall ist Notfall.

32

SCHLAFBECKEN

Was für dich das Waschbecken deines Badezimmers ist, ist für deine Katze der beste Schlafplatz der Welt. Vor allem immer dann, wenn du es besonders eilig hast. Dir bleiben in dieser Situation nur zwei Möglichkeiten: Sie verjagen ... was für ein lächerlicher Gedanke. Oder Option zwei: deinen Rasierer, deine Zahnbürste und alles andere, was du sonst für deine Morgenhygiene benötigst, in die Küche mitzunehmen. Dort kannst du dann zwischen dreckigem Geschirr und den Resten des gestrigen Abendessens in Ruhe deiner Körperpflege nachgehen. Dass dabei die Rasur ohne Spiegel nicht so gründlich ausfällt wie gewohnt und du im Büro irritierte Blicke auf dich ziehst, ist dir egal. Jeder, der über dich urteilt, hat nicht den geringsten Schimmer, was es bedeutet, mit vier Pfoten unter einem Dach zu leben.

33

Villa für Ihre Majestät

Deine Katze liebt es, sich in höhlenartige Gebilde zurückzuziehen. Deshalb hast du ihr mit viel Liebe zum Detail ein eigenes Katzenschloss errichtet. Es ist keines dieser hässlichen Katzenhäuser aus dem Baumarkt, sondern ein vollkommen individuell gestaltetes Meisterwerk. Du hast nicht nur zahlreiche Stunden in den Ausbau investiert, sondern auch keine Mühen und Kosten gespart. Für den Erstentwurf hast du einen befreundeten Architekten um Rat gebeten. Der hält dich nun zwar für gestört, aber dafür ist die Statik deines Katzenschlosses jetzt 1A. Den Innenraum hast du mit Polstern, kleinen Vorhängen und vielen weiteren Details ausgestattet, die ein jedes Katzenherz höherschlagen lassen würden. Während des Errichtungsprozesses hast du dich selbstverständlich immer wieder mit deiner Katze beraten. Nur logisch, dass auch sämtliche bauliche Fortschritte von ihr ausgiebig getestet wurden. Erst als ihr beide mit dem Resultat auch absolut zufrieden wart, wurde der Palast eingeweiht. Jetzt wohnt sie besser als du, aber das hat sie sowieso schon immer getan.

34

Die Katze der Tafelrunde

Ja, auch bei dir kommt es schon mal vor, dass dich die Familie besucht. An solchen Tagen sorgst du dafür, dass jedes Familienmitglied einen Sitzplatz an deinem Wohnzimmertisch erhält – auch deine geliebte Katze. Damit das klappt, musst du extra einen Stuhl vom Nachbarn leihen und regelmäßig die ewiggleiche Diskussionsrunde mit deinen Verwandten überstehen. „Muss das denn sein, die Katze am Tisch?" Ja, muss es. Dir geht es dabei weniger um Vermenschlichung, sondern mehr um Wertschätzung. Deine Katze ist nun mal nicht bloß irgendein Tier für dich, sondern ein eigenständiges Lebewesen mit jeder Menge Gefühle, die du nicht verletzen möchtest. Sie ist für dich ein vollständiges Familienmitglied, deshalb darf sie auch an allem teilhaben, was die Familie macht. Wie sehr sie sich darüber freut, merkst du jedes Mal, wenn sie auf ihren Stuhl springt und stolz in die Runde blickt.

35

Katzenschrank

Ein Kleiderschrank ist für Kleider da. Und für deine Katze. Eigentlich solltest du ihn Katzenschrank taufen, denn deine Katze hält sich mehr Zeit in deinem Schrank auf als irgendwo sonst in deiner Wohnung. Einen festen Platz hat sie nicht, sondern sie macht es sich immer genau dort gemütlich, wo die frische Wäsche liegt. In ihren Augen muss Kleidung wohl mit Katzenhaaren verziert sein, bevor man damit außer Haus gehen darf. Ob du damit ein Problem hast? Nein, natürlich nicht – schließlich lässt du ja aus freien Stücken die Schranktür offen. Etwas schlimmer ist da schon, dass sie dir aus sämtlichen Kleidungsstücken die Fäden zieht. Du siehst das Ganze aber pragmatisch: Deine Katze unterstützt so indirekt die Wirtschaft, zumindest die Modeindustrie und Kleiderrollen-Erzeuger.

36

Fauli Mauli

Das Benehmen deiner Katze lässt vor allem in einem Punkt zu wünschen übrig: beim Gähnen. Sich die Pfote vor den Mund halten? Fehlanzeige. Unverblümt gähnt sie dich täglich mehrere Male an, am liebsten direkt ins Gesicht. Und als wäre das allein nicht schon schlimm genug, stinkt sie dabei auch noch widerlich aus dem Mund. Ein unfassbarer Geruch steigt dann deine Nase hoch. Ein Geruch, den du erst kennst, seitdem du eine Katze hast. Um ihn exakt zu beschreiben fehlen dir zwar die passenden Worte, du würdest ihn aber schlicht als obszön titulieren. Nach getaner Gähnarbeit sieht dich deine Liebste gerne mit blinzelnden Augen an und lächelt schläfrig. Dass du dich wegen ihr beinahe übergeben musstest – vergessen. Auch das nächste Mal wirst du nicht die Flucht ergreifen, sobald sie den Mund in deiner Gegenwart öffnet, sondern einfach darauf hoffen, dass du die Luft diesmal lange genug anhalten kannst, bis das Gröbste überstanden ist.

37

LECKEN UND LECKEN LASSEN

Deine Katze gehört zu dir und du zu ihr. Euer blindes Verständnis füreinander sowie das Vertrauen zueinander hatten viele Jahre Zeit, sich zu dem zu entwickeln, was es heute ist: wahre Liebe. Ihr pflegt nicht nur eine enge Beziehung, sondern auch regelmäßig euch selbst. Was das bedeutet? Wenn sie gerade im Begriff ist, sich mit ihrer Zunge sauber zu machen, leckt sie auch gerne dir über Kopf und Gesicht. Das bringt dich jedes Mal vor Glück zum Lachen. Damit deine Katze nicht denkt, dass du ein fieser Egoist bist, leckst auch du ihr über das Fell. Zumindest tust du so. So sitzt ihr dann beide nebeneinander auf der Couch und lebt das, was euch auszeichnet – pure Harmonie.

38

TEURE OP? TOTAL OKAY.

Du bist nicht besonders reich, wirst es in diesem Leben wohl auch nicht mehr werden. Für Notfälle hast du also nicht sonderlich viel auf der hohen Kante. Notfälle wie die Krankheit deiner Katze. Darauf warst du nicht vorbereitet. Weder emotional noch finanziell. Als dich der Tierarzt gefragt hat, ob du bereit wärst, sämtliche Kosten zu tragen, hast du trotzdem sofort mit „Ja“ geantwortet. Was für eine Frage. Selbstverständlich würde das für dich bedeuten, dass du deine gesamten Ersparnisse opfern müsstest. Ob Sparkonto plündern, Freunde anschnorren, Kreditkarte überziehen oder sogar Kredithaie aufsuchen: Nichts wäre dir zu schade, um deiner Lieben die nötige Operation zu finanzieren. Immerhin geht es hier nicht um einen neuen Fernseher, sondern um das Leben deines besten Freundes. Und solange die Ärzte sagen, dass es eine Frage des Geldes, nicht eine Frage der Sinnhaftigkeit ist, solange wirst du immer dieselbe Antwort geben. Wer braucht schon Urlaub in der Karibik, dort ist es zu heiß. Und was bedeutet schon eine neue Couch, wenn man sie nicht mit demjenigen teilen kann, den man am meisten liebt. Jetzt bist du jedenfalls erstmal bankrott, deine Katze dafür aber am Leben.

39

JEDE MENGE SPIELZEUG

Einer Sache bist du dir zu 100 Prozent sicher: Deine Katze besitzt schon jetzt mehr Spielzeug, als du in deinem Leben jemals hattest. Du bist zwar nicht im Waisenhaus aufgewachsen, aber so viel Liebe, Aufmerksamkeit und Spielzeug wie deine Katze bekommt, hattest du definitiv nicht. Dabei könnte man meinen, dass man irgendwann bereits alles gekauft hat, was der Katzenspielzeug-Markt hergibt. In Zeiten des Internets ist das allerdings ein Trugschluss. Weltweit tüfteln raffinierte Erfinder an „The Next Big Thing", um Katzen zu unterhalten. Um den neuesten Katzenschrei nicht zu verpassen, wird ausnahmslos jeder noch so Spam-lastige Newsletter von dir geöffnet. Wenn du etwas Neuartiges entdeckt hast, wird es sogleich bestellt und liegt wenige Tage später auch schon bei dir im

Briefkasten. Dinge mit ausgefallenen Namen wie Mausinator, CatCrack oder Katzalysator muss man eben einfach haben. Dass viele Produkte die Sicherheitsanforderungen so mancher Prüfstelle bestimmt nicht erfüllen würden – total egal, schließlich sind Prüfstellen spaßbefreit. Ganz im Gegensatz zu deiner Katze, die für mindestens fünf Minuten die Zeit ihres Lebens mit dem neuen Teil hat. Bis sie sich wieder langweilt und du dich erneut auf die Suche nach dem nächsten, besten Ding machst.

40

Katzenfutter schmeckt wie ...

Katzenfutter steht grundsätzlich nicht auf deinem Speiseplan. Trotzdem hast du es schon einige Male probiert und auch kein Problem damit, es wieder zu tun. Und zwar immer dann, wenn es deiner Katze schlecht geht. An solchen Tagen verweigert sie das Fressen und legt sich still in ihre Lieblingsecke. Dann holst du die Schüssel von ihrem angestammten Platz und servierst deiner Katze ihr Futter an ihrem Rückzugsort. Um sie zum Fressen zu animieren, gehst du mit gutem Vorbild voran. Du hockst dich zu ihr, beugst deinen Kopf Richtung Schüssel und beginnst, kleine Stückchen von dem Futter zu fressen, das deine Katze noch vor einer Sekunde keines Blickes gewürdigt hat. Jetzt aber sind ihre Augen weit geöffnet und sie sieht dir fasziniert dabei zu, wie du ihr das Futter stiehlst. Da lässt sie sich nicht zweimal bitten und beginnt, ebenfalls zu fressen. Für dich ist klar: Der fiese Lebergeschmack in deinem Mund hat sich definitiv gelohnt.

41

Haar ist Haar

Deine einzig kostbare Haarbürste nutzt du nicht nur für dich, sondern auch für deine Katze. Wieso auch nicht, denn was gut genug für deine Katze ist, ist schließlich auch gut genug für dich – und umgekehrt. Selbst ihre Haare bürstest du öfter und länger als deine eigenen. Es ist daher kein Wunder, dass deine Katze eine deutlich schönere Haarpracht hat als du selbst. Während von deinem Kopf oft trauriges Gestrüpp herabhängt, glänzt das Haar deines Haustiers in Vollendung. Das liegt eventuell auch an dem sündhaft teuren Shampoo, das du für sie geholt hast. Einige Tropfen davon kosten ähnlich viel wie die Literflasche deiner Discounter-Lösung. Was soll‘s, einer von euch beiden muss schließlich gut aussehen.

42

Oh Katzenbaum

Du persönlich könntest an Weihnachten gut und gerne auf einen Baum verzichten. Aber deine Katze nicht. Als sie zum ersten Mal in ihrem Leben einen geschmückten Weihnachtsbaum sah, war es sofort um sie geschehen. Jedes Jahr aufs Neue übt eine festlich geschmückte Tanne eine derartige Faszination auf sie aus, dass sie sich ihrer Anziehungskraft einfach nicht entziehen kann. Manchmal sitzt sie minutenlang bloß davor und bewundert den funkelnden Schmuck. Ein anderes Mal springt sie direkt in die Zweige oder versteckt sich hinter ihnen. Dann langt sie mit ihren Pranken nach deinen Füßen, wenn du es wagst, zu nahe an ihr vorbeizugehen. Ja, ihr den Weihnachtsbaum wegzunehmen wäre wie Kindern die Geschenke zu stibitzen. Und weil du eben nicht der Grinch bist, gibt es auch in diesem Jahr wieder einen schönen Weihnachtsbaum mit allem Drum und Dran.

43

Haute Cuisine

Kochen liegt total im Trend. Trends wiederum liegen bei dir nicht im Trend. Du kannst prinzipiell nicht verstehen, wer heutzutage noch Zeit hat, aufwendig zu kochen. Oder Lust. Du jedenfalls nicht. Zumindest nicht für dich selbst. Wenn es um deine Katze geht, sieht das selbstverständlich ganz anders aus. Für sie schwingst du jederzeit gerne den Kochlöffel. Zwar kann man im Supermarkt aus bestimmt über 50 verschiedenen Katzenfutter-Sorten wählen. Es gibt das Passende für jede Art und Form von Katze: für junge, alte, dicke, dünne, große und kleine. Eben einfach für jede. Außer für deine. Sie frisst nämlich nicht, sondern sie diniert. Am liebsten Hühnerbrust, aber bitte gefälligst nur die feine, frisch vom Metzger. Wie deine Katze überhaupt auf den Gedanken kam, ausschließlich diese Delikatesse zu verspeisen? Weil du tatsächlich dumm genug warst, sie ihr eines Tages anzubieten. Aus Liebe. Jetzt will sie nichts anderes mehr und ihr Wunsch ist dir Befehl. Denn solange sie dich zumindest ein bisschen so liebt wie ihr Hühnchen, ist für dich die Welt in Ordnung. Kein Rezept zu schwer, keine

Zutat zu raffiniert und kein Garpunkt zu exakt, wenn es um den feinen Gaumen deiner Samtpfote geht. Würde es für Katzenfutter Michelin- Sterne geben, hättest du sie alle. Liebe geht nämlich auch durch den Katzenmagen.

44

Harndrang, arm dran

Es kommt schon mal vor, dass deine Katze beim gemeinsamen Fernsehen auf dir einschläft. Um ehrlich zu sein, passiert das sogar ziemlich häufig. Wie friedlich sie eindöst, ist jedes Mal aufs Neue richtig süß. Manchmal bringt dich das aber in eine äußerst prekäre Situation. Und zwar immer dann, wenn du auf die Toilette musst. Weil sie so friedlich schlummert, möchtest du sie in solchen Momenten auf keinen Fall wecken. Nichts wäre für dich ein größeres Unglück, als dass sie aufwacht, ihr kleines Köpfchen hebt, die Augen öffnet und dich beleidigt ansieht. Nein, du wirst dich nicht bewegen, keinen Millimeter wirst du dich rühren. Ja, selbst dann nicht, wenn du dir beinahe in die Hosen machst. Du hast zwar irgendwo einmal gelesen, dass das nicht gesund sein soll, aber deine Nieren werden schon nicht so schnell platzen. Und falls doch, werden die Rettungssanitäter deine Beweggründe bestimmt verstehen.

45

Bimmel, bimmel, Katzenklingel

Eine Freigänger-Geschichte

Deine Katze kann seit Neustem klingeln, wenn sie zurück in die Wohnung gelassen werden möchte. Und zwar dank der raffinierten Katzenklingel, die du extra für sie erfunden hast. Nach unzähligen YouTube-Tutorials und mehrfachen Besuchen im Baumarkt („ ... Hä? ... Noch mal, was genau wollen Sie bauen!?“) hattest du den Prototypen deiner patentfreien Katzenklingel fertig. Und weil deine Katze nunmal so schlau ist, wie sie aussieht, hatte sie bereits nach wenigen Versuchen verstanden, wie man sie benutzt. Insofern war der Aufwand die eine Woche Urlaub wert. Urlaub erhält man schließlich jedes Jahr aufs Neue. Das Glück, so eine smarte Katze, wie deine zu haben, gibt es vielleicht nur ein einziges Mal auf dieser Welt.

46

Nachtaktivitäten

Eigentlich hast du einen ruhigen Schlaf. Also prinzipiell. Faktisch besitzt du aber eine Katze, die dich regelmäßig um deine Nachtruhe bringt. Zuerst mit ihren geräuschvollen Stuntaktionen und Sprungeinlagen, die sie vorzugsweise zu später Stunde vollführt. Nach getaner Arbeit und ersten Ermüdungserscheinungen steht anschließend der Weg zu dir ins Bett an. Mit einem Satz springt sie auf die Matratze, legt sich gekonnt auf deine Brust und schlummert sofort ein. Bloß, um mitten während deiner Tiefschlafphase wieder aufzuspringen und dort weiterzumachen, wo sie aufgehört hatte: beim dich in den Wahnsinn treiben. Wenn du deshalb kaum ein Auge zudrückst und am nächsten Tag wieder mit Augenringen im Büro erscheinst, erzählst du allen, du warst Feiern. Schließlich liegt ja auch ein Stückchen Wahrheit in der Aussage. Du feierst nämlich jeden Tag das Zusammenleben mit deiner Katze.

47

Auf Fahrradtour

Eine Freigänger-Geschichte

Fahrradfahren macht dir selbst zwar nicht so großen Spaß, deiner Katze bereitet es aber die größte Freude. Deshalb unternimmst du, gemeinsam mit ihr, ausgedehnte Touren durch die Nachbarschaft. Wenn sie im Korb sitzt, bestaunt sie das geschäftige Treiben auf den Straßen und in den umliegenden Parks. Und weil du ihr nicht immer die gleiche Route zeigen willst, strampelst du dich teilweise ganz schön ab, um wieder Neues zu entdecken. Nach so einem Ausflug bist du zwar total platt, deine Katze aber dafür total glücklich.

48

Eifersucht

Deine Katze ist das größte Flittchen, das du kennst. Ja, das musste jetzt einfach mal so in aller Deutlichkeit gesagt werden. Du warst es doch, der sie aus dem Heim geholt hat, sie gepflegt und ihr ein liebevolles Zuhause gegeben hat. Und jetzt sitzt sie da. Auf dem Schoß einer anderen. Die Augen hat sie vor lauter Freude über die Streicheleinheiten geschlossen. Doch du weißt: Innerlich lacht sie über dich. Alles, was dir bleibt, ist mit aufgesetztem Lächeln diesem Schauspiel beizuwohnen und still und heimlich zu hoffen, dass dein Gast doch noch eine furchtbare Katzenallergie entwickelt. Oder zumindest eine leichte. Ja, du

Das kleinste Katzentier ist ein Meisterstück.

LEONARDO DA VINCI

bist rasend vor Eifersucht. Doch du darfst es nicht zeigen, schon gar nicht gegenüber deinem Besuch. Wäre ja noch schöner, wenn man von dir denken würde, du wärst ein eifersüchtiger Katzenfreak. Nein, diese Blöße gibst du dir nicht, noch nicht. Aber so viel ist sicher: Die Person kommt dir nie wieder ins Haus, die lädst du nicht mehr ein. Spannt sie dir doch schamlos deine Katze aus. Und deine Katze selbst, das fiese Stück, spielt einfach mit. Aber nicht mit dir. Heute Abend wirst du ein Zeichen setzen und lieber auf der Couch als neben ihr im Bett schlafen.

Ich habe die Philosophen und die Katzen studiert, doch die Weisheit der Katzen ist letztlich um ein weites größer.

HIPPOLYTE TAINE

49

Schlechte Nachbarschaft

Eine Freigänger-Geschichte

Nicht alle Samtpfoten sind sanft. Das muss deine Katze leider immer wieder auf schmerzhafte Art und Weise feststellen, wenn sie sich mit den Nachbarskatzen anlegt. Oder wie du sie auch nennst: das räudige, asoziale Katzen-Pack! Dass dein Liebling gegen diese Gangster immer den Kürzeren zieht, ist für dich wenig verwunderlich, sie ist schließlich ein Leichtgewicht. Was du als Helikopter-Cat-Parent allerdings nicht tolerieren kannst, ist, dass sie deine Liebste oft sogar bis vor die eigene Haustür verfolgen. Deshalb hast du zu drastischen Maßnahmen gegriffen. Regelmäßig liegst du auf der Lauer und kommst ihr mit einem Arsenal an riesigen Spritzpistolen zur Hilfe, wenn sich mal wieder Ärger anbahnt. Die schier unschlagbare Feuerkraft dieser Wasserkanonen würde selbst Rambo in Ehrfurcht erstarren lassen. Den Nachbarskatzen macht der geballte Wasserdruck auf alle Fälle mächtig Beine. Als dich die Verkäuferin damals in der Spielabteilung gefragt hatte, wofür du denn ein solches Waffenarsenal benötigen würdest und du lapidar mit „Katzen" geantwortet hattest, da war dir klar: So ganz normal ist das nicht. Aber was ist schon normal, wenn man Katzen liebt.

50

Couchsurfing

Ob du schon mal deiner Katze zuliebe auf der Couch geschlafen hast? Selbstverständlich, ist doch Ehrensache. Zumindest für dich. Und zwar immer dann, wenn sie sich über das ganze Bett mitsamt der Decke breitgemacht hat. Du übersiedelst dann ohne Murren auf die Couch. Was solltest du auch anderes tun – sie vom Bett scheuchen? Niemals. Nur Barbaren würden so etwas tun. Außerdem ist es gar nicht schlecht, manchmal auf der Couch zu schlafen, das lehrt einem Demut. Und wenn deine Katze nachts zu dir auf die Couch gesprungen kommt, weil sie festgestellt hat, dass deine Brust doch der bequemere Schlafplatz als dein Bett ist, schlaft ihr friedlich gemeinsam ein.

51

Freie Sicht

Weil deine Wohnung im Erdgeschoss gut einsehbar ist und deine Nachbarn alles fiese Gaffer sind, hatte dein Vermieter bereits vor deinem Einzug freundlicherweise zahlreiche Fenster mit Milchglas ausgestattet. Jetzt kann zwar niemand mehr rein-, aber eben auch niemand mehr raussehen. Für dich total in Ordnung, bloß deine Katze fand das doof. Deshalb hast du kurzerhand eine Maßanfertigung für sie springen lassen. In der Scheibe zum Hof befindet sich seit Neuestem ein Guckfenster aus einfachem Glas – fein säuberlich ins Milchglas eingelassen. So kann deine Katze aus dem Fenster schauen und Menschen beobachten. Du wiederum beobachtest deine Katze und bist glücklich, dass du ihr damit eine solch große Freude machen konntest.

52

FIRE IN THE HOUSE

In deinem Haus gibt es schon lange eine bestens funktionierende Heizungsanlage. Dank Fernwärme wird es dadurch auch in deinen eigenen vier Wänden im Handumdrehen mollig warm. Den großen Ofen, der in deinem Wohnzimmer steht, hast du aber trotzdem nicht entfernt. Nicht etwa, weil du ihn optisch so ansprechend findest – Stichwort „70er-Jahre-Kacheloptik“, würg. Nein, der Ofen steht da, weil er der Lieblingsplatz deiner Katze ist. Im Winter, wenn es draußen wieder scheußlich kalt wird, feuerst du den Ofen an, bloß um ihr eine Freude zu machen. Holz schleppen, mühsam ein Feuer schüren, Asche entfernen – das alles war noch nie deine Welt. Aber deine Katze liebt das, und für sie würdest du sogar durchs Feuer gehen. Eines für sie zu entfachen, ist daher noch eine der leichtesten Übungen, die du tun kannst.

Aus Katzensicht gehört von A bis Z alles den Katzen.

UNBEKANNT

53

KÖPFCHEN MUSS MAN HABEN

Für deine Katze hältst du gern den Kopf hin – und zwar im wahrsten Sinn des Wortes. Wenn du abends nach einem ebenso langen wie freudlosen Arbeitstag nach Hause kommst, wirst du Teil einer ganz besonderen Begrüßungszeremonie. Sobald deine Katze auf die Küchentheke springt, auf und ab stolziert und dich dabei mit ihren großen Katzenaugen ansieht, weißt du: Jetzt ist Begrüßungszeit. Du beugst dich dann zu ihr herunter, mit deinem Kopf ganz nahe an ihrem. Was dann folgt, ist für dich der schönste Moment des Tages: Köpfe aneinander reiben. Einmal, zweimal, ein Dutzend Male. Egal, ob du Nacken-, Rücken-, Knie- oder sonstige Beschwerden hast, vor deiner Katze hast du dich noch jedes Mal verbeugt.

Der Hund mag wundervolle Prosa sein, aber nur die Katze ist Poesie.

AUS FRANKREICH

54

Abfangkatze

Deine Katze hasst jegliches fliegende Insekt mindestens genauso wie du. Ganz besonders Motten. Leider stellt sie sich beim Fangen der Plagegeister nicht sehr geschickt an. Denn sobald eine Motte sich in die Lüfte erhebt, schafft Kätzchen es nicht mehr, sie zu erreichen, und ist schlichtweg chancenlos. Mit einem markerschütternden Miauen macht sie dich dann auf diese offensichtliche Ungerechtigkeit aufmerksam. Und du tust anschließend, was jeder normale Katzenbesitzer tun würde: Du hebst sie hoch und startest mit ihr in den Händen eine wilde Verfolgungsjagd kreuz und quer durch die gesamte Wohnung. Wenn die Motte höher fliegt, hebst du deine Katze auch höher. Wenn die Motte ein Ausweichmanöver einleitet, lasst ihr euch davon nicht beirren. Als Waffe in diesem waghalsigen Flugkampf dienen euch ausschließlich ihre Tatzen, die im Dauerfeuer zum finalen Treffer ausholen. Erst, wenn deine Katze mit ihren Pranken die Motte K.O. geschlagen hat und diese benebelt zu Boden sinkt, ist die Schlacht gewonnen. Für das bewusstlose Insekt, dass

dann am Boden liegt, interessiert sich deine stolze Katze nicht mehr, sie stapft davon. Die Entsorgung überlässt sie gerne dir – sie kann ja schließlich nicht alles machen.

55

Vorsicht, Hinterhalt!

Katzen stammen von Raubkatzen ab. Das hast du nicht etwa aus dem Biologieunterricht oder einem schlauen Buch, sondern aus deiner harten Lebensrealität. Ähnlich wie in South Central L.A. gehören bei dir Gewalt und Überfälle zum Alltag. Der Täter ist dabei immer derselbe, deine Katze. Am liebsten attackiert sie dich aus dem Hinterhalt. Wobei man auch sagen könnte, Oberhalt, sie kommt nämlich auch schon gerne mal vom Schrank direkt auf deinen Kopf gesprungen. Dass du dabei regelmäßig so sehr erschrickst, dass du laut aufschreist und alles fallen lässt, wird von ihr kaltblütig in Kauf genommen. Gläser, Teller, Handys, alles ging schon zu Bruch. Und auch wenn du weißt, dass häusliche Gewalt eine Straftat ist: Deiner Katze verzeihst du immer wieder gerne.

56

AND THE OSCAR GOES TO ...

Um den Jagdinstinkt ihrer Jungen zu fördern, tun Löweneltern so, als wären sie von den Attacken der kleinen Löwenbabys überrascht. Zumindest hast du das einmal in einer dieser „Unser Planet“- Dokumentationen gesehen. Und weil du für deine Katze eben mindestens ein ebenso guter Elternteil sein willst wie gestandene Löwen, schauspielerst auch du. Obwohl du oft schon von Weitem siehst, dass dein Stubentiger dir mal wieder hinter der Pflanze auflauert (regelmäßig verraten durch einen wild ausschlagenden Schwanz), tust du so, als hättest du nichts bemerkt. Wenn sie dann mit einem Satz auf dich zuspringt, zuckst du erschrocken zusammen. Deine Katze freut es jedes Mal riesig und sie springt anschließend vergnügt durch die ganze Wohnung. Und du bist auf deine eigene schauspielerische Leistung mächtig stolz.

57

Mörderische Liebe

Eine Freigänger-Geschichte

Ob Katzen tatsächlich für den Tod so vieler Vögel verantwortlich sind, wie oft geschrieben steht, weißt du nicht. Was du aber auf alle Fälle weißt ist, dass wenn die Zahlen wahr sind – alleine deine Samtpfote bestimmt für die Hälfte dieser Gräueltaten infrage kommt. Sie ist von Berufswegen nämlich Massenmörderin. Vögel, Mäuse, Kaninchen, total egal. In den Augen deines Lieblings sind sie alle doch nur leichte Beute. Von ihr gefressen werden sie aber nicht. Dafür liegen die Leichen in schöner Regelmäßigkeit vor deiner Haustür, in der Küche und wenn es mal ganz hart kommt, auch schon mal im Bett.

Es gibt nichts Weicheres, nichts, was sich feiner, zarter und wertvoller anfühlt als das Fell einer Katze.

GUY DE MAUPASSANT

Blutspuren inklusive. Natürlich bist du dann nach außen hin immer mächtig stolz auf deinen Tiger, bedankst dich artig für das schöne Geschenk und vollführst eine große Show der noch größeren Freude. Dass du still und heimlich absolut angewidert bist und hinter ihrem Rücken versuchst, das tote Tier schnellstmöglich in der nächsten Abfalltonne zu entsorgen, muss sie ja nicht wissen. Wahre Liebe braucht manchmal eben zur Not auch die kleinen Lügen, die sie erhalten.

Katzen lieben Menschen viel mehr, als sie zugeben wollen, aber sie besitzen genug Weisheit, es für sich zu behalten.

MARY ELEANOR WILKINS FREEMAN

58

1001 Tatzenstiche

Ist deine Katze Sadist? Oder du Masochist? Weder – noch, würdest du jetzt antworten. Aber wie sonst lässt sich dieses Krall-Folter-Ritual erklären, dass sich zwischen euch beiden regelmäßig hinter verschlossenen Türen abspielt? Nämlich immer dann, wenn du auf der Couch liegst und sie es sich auf deinem Oberkörper gemütlich gemacht hat. Ohne Vorwarnung startet sie mit einem Schlag ihre immer gleich ablaufende Routine. Dabei rammt sie dir voller Wonne ihre scharfen Krallen immer und immer wieder durch den dicksten Pulli. Genüsslich und in Zeitlupe. Ihr Schnurren könnte man tatsächlich so interpretieren, dass es ihr Freude bereitet, dir Schmerzen zuzufügen. Oder dass sie sich darüber freut, sämtliche Fäden aus dem von Oma gestrickten Pullover zu ziehen. Doch während du über den Pulli nicht allzu unglücklich bist, bereiten dir die Schmerzen schon größere Probleme. Denn wenn sich deine Katze so richtig eingegroovt hat, gibt es für dich kein Entkommen mehr. Stich um Stich bohren sich ihre Krallen durch das Textil ihren Weg in deine Brust. Du erträgst den Schmerz mit der Würde eines Katzenbesitzers. Vielleicht also doch Sadist und Masochist? Jedenfalls seid ihr wie füreinander geschaffen.

59

Sitter-Casting

Freunde und Familie finden deine Katze megacool. Deshalb bieten sie dir regelmäßig an, auf sie aufzupassen, wenn du für einige Tage verreist bist. Das würde ihnen so passen, so ganz ohne Eignungstest. Aber sein Neugeborenes vertraut man schließlich auch nicht dem nächstbesten Penner zur Aufsicht an. Dasselbe gilt auch für deine Katze, Blutsverwandte hin oder her. Bevor jemand deine Katze hüten darf, wird die Person deshalb ausgiebig und sorgfältig getestet. Kennt sie das Lieblingsspielzeug? Weiß sie, wie fein man das Futter zerkleinert? Ist sie bereit, ohne Wenn und Aber täglich die Katzentoilette zu reinigen? Und sitzt deine Katze mindestens fünf Minuten freiwillig und ohne Unterbrechung auf ihrem Schoß, lässt sich dabei streicheln und gibt ein hörbares Schnurren von sich? Erst dann – und nur dann – wird man in den Kreis der potenziellen Katzensitter aufgenommen und darf davon träumen, eines Tages die Ehre zu haben, deine Katzensitten zu dürfen.

X

60

Sneaker-Creeper

Sneaker sind in aller Munde. Auch bei deiner Katze. Seitdem sie bei dir eingezogen ist, hat sie deine Schuhe zum Fressen gern und stopft sich ihr Maul in regelmäßigen Abständen mit deinen teuren Plastik-Tretern. Dabei ist kein Schuh vor ihrer Zerstörungswut gefeit. Ob teure Sonderedition, Vintage Model, alte Beaters, oder die billigen Ablenkungsmanöver aus dem Discounter: Deine Sneaker sind vor ihr nicht sicher. Ein Albtraum für einen passionierten Sammler wie dich, legst du doch seit so vielen Jahren Wert auf das passende Fußkleid. Doch wann auch immer du vergisst deine Kicks feinsäuberlich im Schrank zu verstauen, ist aus dem streng limitierten Paar am nächsten Tag ein Paar „Designed by Cat“ geworden. Vielleicht auch ein Grund, weshalb du deine gesamte Sammlung unlängst auf eBay zum Verkauf gestellt hast.

61

DOPPEL(T)BETT HÄLT BESSER

Weil dein Schlafzimmer nicht besonders groß ist, hattest du bis jetzt ausschließlich ein schmales Bett. Sollte ja schließlich reichen für eine Person. Tut es prinzipiell auch. Trotzdem stehst du jetzt auf der Suche nach dem passenden Kingsize-Bett, in einem riesigen Einrichtungshaus, dessen Luft so sehr nach neuen Möbeln riecht, dass du Kopfschmerzen bekommst. Was ist passiert? Katze ist passiert. Seitdem dein Fell-Kollege eingezogen ist, gibt es einfach nicht genug Platz für euch beide in deinem alten, schmalen Bett. Und weil du nicht gerne ständig am Boden schläfst, hast du dich dazu entschlossen, eine größere Schlafgelegenheit anzuschaffen. Klar, Bettgestell, Lattenrost, Matratze – das ist nicht gerade günstig. Aber eine Katze, die ruhig und friedlich neben dir im Bett schläft, ist unbezahlbar.

62

Ich heirate meine Katze

Du bist Single. Schon wieder oder noch immer? So genau lässt sich das nicht sagen. Deine Eltern haben das Fragen nach deinem Beziehungsstatus jedenfalls schon vor Jahren eingestellt. Auf Familienfesten zeigen Verwandte mit dem Finger und ziehen dich als abschreckendes Beispiel für ein unerfülltes, einsames Leben heran. Dabei hält deine längste Beziehung doch bereits länger als manche Ehe. Die Rede ist von der Beziehung zu deiner Katze. Es ist zwar keine von Mensch zu Mensch, für dich zählt sie aber mindestens genauso viel. Und wenn du ehrlich bist, ist sie auch deine bisher beste. Sie beruht auf allem, was eine gute Beziehung ausmacht: auf gegenseitigem Respekt, Vertrauen, Verständnis, Zärtlichkeit und wahrer Liebe füreinander. Wenn du jemals jemanden heiraten wollen würdest, dann deine Katze. Irgendwo in Las Vegas geht das bestimmt.

63

Zu spät zum Date

Du hast gematcht, gechattet und geflirtet. Und jetzt ist es endlich soweit: In 45 Minuten triffst du zum ersten Mal dein Tinder-Date. So weit, so gut. Doch wie um Himmels willen sollst du es pünktlich zum Treffpunkt schaffen, wenn deine Katze nach wie vor so friedlich wie Buddha höchstpersönlich auf deinem Schoß schlummert? Sie rührt sich keinen Zentimeter, selbst wenn du sie sanft antippst. Vielleicht ist der Zeitpunkt gekommen, sie unsanft wegzuschubsen? Aber nein, das machst du nicht. Zumindest noch nicht. Deine Katze ahnt in solchen Momenten wohl, dass du sie für jemand anderen verlassen willst, selbst wenn es sich nur um wenige Stunden handelt. Sie will dich für sich ganz alleine, dein Liebesleben tritt sie wie immer mit Pfoten. Du gibst dich geschlagen und kommst zur Erkenntnis, dass du wie immer eben ein, zwei ... na gut, vielleicht eher 30 Minuten zu spät zu deinem Date kommen wirst. Schnell das Handy gezückt und eine Ich-verspätemich-Nachricht schreiben. Dabei bleibst du bei der Wahrheit, denn man möchte eine mögliche Beziehung ja nicht gleich mit einer Lüge starten.

Und wer für deine absolut nachvollziehbare Verspätungserklärung kein Verständnis zeigt, der hat bei deiner Katze und dir sowieso keine Chance.

64

KATZENSTREU-SPORT

Körperliche Ertüchtigung ist dir ein Gräuel, „Sport ist Mord“ dafür dein absolutes Lieblingssprichwort. Ja, du bist ein echter Fitnessmuffel und warst in deinem Leben noch kein einziges Mal im Gym. Wenn andere beginnen, von Freeletics und Deadlifts zu reden, suchst du schnell das Weite. Trotzdem bist du dank deiner Katze mindestens so fit wie alle Poser und Runner auf Instagram. Wer nämlich glaubt, dass ein 15 Kilogramm schwerer Sack Katzenstreu nach zehn Minuten Tragezeit nicht gefühlt 100 Kilogramm schwer wird, der irrt sich gewaltig. Denn was im Regal des Supermarkts noch recht kompakt und harmlos aussieht, verwandelt sich spätestens auf den Treppen deines aufzuglosen Wohnhauses in ein wahres Monster. Stufe um Stufe musst du in einer erbittert geführten Schlacht für dich erobern. Absetzen, fünf Stufen gehen, erneut absetzen, die nächsten

fünf Stufen, erneut Zwischenstopp. Wenn du dir endgültig deinen Weg bis nach oben erkämpft hast, wirst du von deiner Katze wie ein Champion empfangen. Vielleicht sind das aber auch bloß Halluzinationen, die bei körperlicher Anstrengung öfters bei dir auftreten.

65

SCHLUSS MIT LUSTIG

Du bist für jeden Spaß zu haben und würdest sogar so weit gehen, dich als witzige Person zu beschreiben. Wo bei dir der Spaß allerdings ruckzuck aufhört, ist, wenn deine Freunde meinen, sie könnten sich ungestraft über deine Katze lustig machen. Denn niemand darf sich auf ihre Kosten amüsieren und wenn doch, dann bist das gefälligst du. Deshalb kann es schonmal vorkommen, dass an einem heiteren Abend die Stimmung in deinem Wohnzimmer plötzlich kippt, wenn deine Freunde meinen, sich an einem missratenen Sprungversuch deiner Katze erfreuen zu müssen. Dabei wollte sie den Anwesenden mit ihrer Sprungkraft doch bloß imponieren. Wenn deine gute Laune deshalb umschlägt, müssen deine Freunde ganz schnell gehen. Zur Tür begleitet werden sie dabei immer von deiner Katze – eine Art Idioten-Eskorte. Ja, wer über deine Katze lacht, der hat selbst nichts mehr zu lachen. „Im Ernst jetzt?“ Ja, ganz ernst jetzt. Und tschüss.

66

Anruf aus der Ferne

Du bist auf der Hochzeit deines Bruders eingeladen, die viele Flugstunden entfernt von deinem Zuhause stattfindet. Um dich herum sind jede Menge Bekannte, Verwandte, Tanten und Onkel. Nicht mit dabei ist deine Katze. Erstens, weil sie Hochzeiten albern findet (das musstest du bei der letzten Royal Wedding feststellen). Zweitens: weil man einfach nicht stundenlang mit Katzen im Flieger sitzen sollte. Du musstest sie also schweren Herzens allein zu Hause lassen. Wobei alleine nicht ganz richtig ist. Schließlich sorgt dein Nachbar für sie. Und dein Freund kontrolliert anschließend täglich, ob dein Nachbar auch gut für sie gesorgt hat. Vertrauen ist einfach unbezahlbar, nicht wahr? Weil du aber

Respekt vor Katzen ist der Anfang jeglichen Sinnes für Ästhetik.

ERASMUS DARWIN

selbst deiner so installierten doppelten Kontrollinstanz nicht vertraust, lässt du dir während deiner Abwesenheit täglich ein Lebenszeichen deines Wollknäuels geben – per Live-Chat. Wenn deine Katze vor die Kamera gehalten wird, sprichst du sofort munter darauf los. Auf große Rückmeldung ihrerseits darfst du allerdings nicht hoffen. Dass du wegen der großen Zeitverschiebung extra früh aufstehen musst, ist auch nicht weiter schlimm. Schließlich kannst du von deiner Katze nicht verlangen, für dich länger munter zu bleiben. Sie braucht doch ihren Schönheitsschlaf.

Die Katze behält ihren freien Willen, auch wenn sie dich liebt, und sie wird nichts für dich tun, was sie für unvernünftig hält.

THÉOPHILE GAUTIER

67

Der Arzt, dem die Katzen vertrauen

Als du in eine andere Stadt gezogen warst, wechseltest du auch deine Ärzte. So macht das ein vernünftiger Mensch. Schließlich willst du nicht durch das halbe Land fahren, bloß um dir ein Rezept verschreiben zu lassen. Wenn es um deine Katze geht, setzt bei dir die Vernunft allerdings komplett aus. Erst nach langer Suche hattest du nämlich eine Tierärztin gefunden, der deine Katze total vertraut. Nur ihr gelang es bisher, deinem geliebten Fellfreund eine Spritze zu setzen, ohne vorher einen 15-minütigen Kampf gewinnen zu müssen. Blöd nur, dass die Praxis dieser Ärztin durch deinen Umzug nun weit entfernt liegt. Ist dir aber egal. Denn wenn es um die Gesundheit deiner Katze geht, ist dir kein Weg zu weit. Was ist schon gefühlt eine Tagesreise, wenn du weißt, dass deine Katze anschließend in den besten und sanftesten Händen ist, die es für deinen Schatz gibt.

68

DIESE OHREN HÖREN ALLES

Dass deine Katze dich versteht, ist für dich keine Vermutung, sondern Fakt. Deshalb weiß sie natürlich auch, wenn es in Gesprächen über sie geht. Und was noch viel wichtiger ist: Sie weiß, wie über sie gesprochen wird. Als du dich einmal in Gegenwart deiner Katze mit einer Freundin über ihren seltsamen Gang lustig gemacht hast, hat sie danach eine Woche nicht bei dir im Bett geschlafen. Und als du damals ins Telefon geflüstert hattest, dass deine Katze fett geworden sei, hatte sie aus Trotz ganze drei Tage nicht gefressen. Aus diesem Grund hast du schon lange aufgehört, schlecht über deine Katze zu sprechen, und lobst sie ausnahmslos in den höchsten Tönen. Völlig egal, ob sie anwesend ist oder nicht.

69

Think Inside The Box

Du hast online recherchiert, sämtliche Katzenforen durchstöbert und alle Baumärkte deines Bundeslandes abgegrast. All das bloß, um ihn zu finden – den besten aller Kratzbäume, der alle anderen in den Schatten stellt. Die Abmessungen: ideal. Die Spielmöglichkeiten: sensationell. Ja, dieser Baum würde einfach perfekt sein. Gezahlt, getan und zuhause aufgestellt. Doch dann geschah das, was schon Millionen von liebenden Katzenbesitzern vor dir passiert ist: Dein Stubentiger hatte ausschließlich Augen für den Karton, den Kratzbaum überließ er freundlicherweise dir. Jetzt sitzt deine Katze in der Box und du bleibst auf deinem Kratzbaum sitzen. Tja, da hast du die zu erreichende Zielgruppe wohl falsch eingeschätzt.

70

Tec Cat

Technik war noch nie so deins. Der neueste Flatscreen-TV? Interessiert dich nicht. Das Smartphone, das alles besser kann als dein alter Knochen? Brauchst du nicht. Auch ein iPad hättest du dir nie im Leben zugelegt. Völlige Geldverschwendung. Braucht niemand – niemand, bis auf deine Katze. Als einer deiner Freunde nämlich eines Nachmittags deine Katze mit Spielen auf seinem iPad bei Laune hielt, war es um sie geschehen. Und auch wenn sie es in der Form nicht direkt ausgesprochen hatte, so gab sie dir doch zu verstehen: „Kauf mir auch so ein Ding oder ich hasse dich den Rest deines Lebens“. Nur wenige Tage später brachte dir der Postbote ein Päckchen mit einem überteuerten Gerät: Designed in California, genutzt von deiner Katze. Jetzt verbringt sie viel Zeit mit Spiele-Apps und nicht mehr so viel Zeit mit dir. Wie sehr du Apple doch dafür hasst.

71

Klassisches Symptom von Katzenliebe

Wenn es dir gesundheitlich schlecht geht, weigerst du dich grundsätzlich, zum Arzt zu gehen. Schließlich muss man nicht aus jeder Mücke einen Elefanten machen. Aber wenn es um dein eigenes Katzenkind geht, handelst du unter Garantie anders. Denn wenn deine Katze auch bloß eine Nuance lauter niest als üblich, gibt es für dich kein Halten mehr. Dann recherchierst du ausführlich nach möglichen Ursachen und Symptomen. Als Verbündeter auf deiner Suche steht dir treu das Internet zur Seite. Vom Katzenblog bis zur Tierarztseite: Kein Suchbegriff ist zu verrückt, kein Verdacht nicht im Bereich des Möglichen. Du kannst nicht eher ruhen, bis du alles zum Thema „Meine Katze niest seltsam“ in Erfahrung gebracht hast. Und wenn sich die Zweifel und Sorgen nicht zerstreuen lassen, hilft nur noch ein Besuch beim nächsten Tierarzt. Dir doch egal, dass heute Sonntag ist und dies seine Privatadresse ist, die du nicht haben dürftest. Schließlich handelt es sich hier um einen absoluten Notfall.

72

FAMILIENBESUCH

Deine Katze hat keine edle Herkunft und keinen Stammbaum. Nein, deine Katze kommt aus zerrütteten Verhältnissen – nämlich von einer überforderten Katzenmutter vom Land. Sozusagen dem Katzenghetto. Deshalb hattest du damals auch keine Sekunde gezögert, sie bei dir aufzunehmen. Ja, deine Samtpfote wurde dazumal von der eigenen Mutter verstoßen. Jetzt lebt sie also bei dir. Und mit der Zeit hat sich aus dem kleinen Wollknäuel eine echte Lady entwickelt. Weil für dich neben Katzen aber Familien das höchste Gut sind, willst du, dass deine Katze nicht den Kontakt zu ihrer eigenen verliert. Deshalb unternimmst du mit deiner Liebsten regelmäßige Besuche bei ihrer

Eine dösende Katze ist das Abbild perfekter Seligkeit.

JULES CHAMPFLEURY

Familie auf dem Land. An diesen Tagen packst du sie in ihre Katzenbox und fährst mit ihr an den Bauernhof, von dem sie stammt. Und auch wenn die Wiedersehensfreude immer erst nach einigen Momenten eintritt, so verstehen sich Katzenkind und Katzenmutter doch recht gut. Solange ihre Mutter noch lebt, wirst du deshalb diese Reise auch jährlich auf dich nehmen. Denn so wohl sie sich auch in ihrem neuen Zuhause fühlt: Es ist immer gut, zu wissen, woher man kommt.

Katzen sind die rücksichtsvollsten und aufmerksamsten Gesellschafter die man sich wünschen kann.

PABLO PICASSO

73

The Walking Cat

Verwunderte, verstörte und nicht selten erschrockene Blicke sind dir sicher, wenn du mit deiner Katze Gassi gehst. Klar, man sieht nicht oft jemanden, der mit seiner Katze spazieren geht. „They see you walkin', they hatin". Das heißt aber nicht, dass man es nicht machen sollte. Dir ist sowieso egal, was andere über dich denken. Sollen sie dich doch für einen verrückten Katzenbesitzer halten. Denn wenn es irre ist, seine Katze wie einen Hund an der Leine zu führen, dann bist du eben irre. Wenn es irre ist, dass man seiner Katze gerne etwas Bewegung abseits der eigenen vier Wände gönnt, dann bist du eben irre. Und wenn es irre ist, frühmorgens mit einer Katze auf dem Arm zum Bäcker zu gehen, um für euch eure Lieblingscroissants zu holen, dann bist du eben irre. Deine Katze ist an solchen Tagen nämlich auch irre – und zwar irre glücklich.

74

Catfight

Selbst in den harmonischsten Beziehungen kommt es manchmal zum Streit. Obwohl deine Katze und du nun wirklich ein absolutes Traumpaar seid, kann es auch bei euch vorkommen, dass die Fetzen fliegen. Was der Auslöser dafür ist? Wer kann das im Nachhinein schon so genau sagen. Nur die Konsequenzen sind klar und oftmals deutlich spürbar. Denn wenn du dich mit deiner Katze mal wieder in die Haare bekommen hast, kann das ganz schön hässlich werden. Ihr schreit euch gegenseitig an und werft euch allerlei Dinge an den Kopf. Und ja, manchmal wirft sie sich gleich höchstpersönlich dir auf den Kopf. Dann verziert sie dein makelloses Gesicht mit ein paar Kratzspuren und macht aus deiner Wange die Leinwand für ihr Katzen-Tattoo. Wenn ihr euch dann voneinander befreit habt, kann es noch einige Minuten fauchend hin- und hergehen, bis langsam Ruhe einkehrt. Am Ende bist immer du es, der das Friedensangebot unterbreitet. Dann legst du dich auf die Couch und bist kein bisschen nachtragend, wenn sie schon bald zu dir hüpft und sich ganz nah neben dich kuschelt.

75

Gib der Nachbarskatze Futter

Eine Freigänger-Geschichte

Du bist stolzer Katzenbesitzer. Rein praktisch gesehen. Also eher theoretisch. Na gut, um ehrlich zu sein: Nicht du besitzt eine Katze, sondern dein Nachbar. Seine Katze liebt aber nur dich. Wie sonst ließe es sich erklären, dass sie dich täglich besuchen kommt. Ein Besuch, der täglich zu deinem persönlichen Highlight wird. Wenn du es in deinem Garten ganz leise rascheln hörst und sie grazil durch deine Kirschlorbeer-Hecke schreitet, um anschließend in ihrer ganzen Schönheit vor dir zu stehen, dann ist dein Tag perfekt. Böse Zungen würden behaupten, sie komme nur, weil sie bei dir jede auch nur erdenkliche Köstlichkeit bekommt. Du aber weißt es besser. Außerdem bist tatsächlich du es, der ihr danken müsste – immerhin hat sie dich zu einem besseren Koch gemacht. Außerdem lässt sie sich nicht nur gerne von dir füttern, sondern auch streicheln. Gemeinsam genießt ihr jede Sekunde, die ihr zusammen seid. Wenn es dann Abschied nehmen heißt, verschwindet sie ebenso leise wieder, wie sie gekommen ist. Ob dein Nachbar weiß, was für eine wunderbare Katze er hat?

76

Total Illegal

Du hast noch nie das Gesetz gebrochen, dich immer an die Regeln gehalten. Aber als es um deine Katze ging, wurdest du zum Outlaw – sie lebt illegal bei dir. In deiner Wohnung sind Haustiere nämlich ausdrücklich untersagt. Du hast sie deshalb in einer Nacht- und Nebelaktion hineingeschmuggelt. Zum Kauf von Futter und Streu fährst du extra in die nächste Stadt, der Heimtransport erfolgt anschließend in einem unscheinbaren Koffer. Ab und zu spähst du aus dem Fenster, um zu beobachten, ob jemand deine Katze beobachtet, die ebenfalls alles aus dem Fenster beobachtet. Ob Leute euch bloß nicht verraten, weil sie euch nicht entdecken, oder weil sie große Angst vor deinem irren Blick haben, kannst du nicht genau sagen. Ist dir auch egal. Hauptsache, deine Katzen-WG ist noch nicht aufgeflogen. Und eines ist sicher: Für deine Katze würdest du auch weiterhin jedes Gesetz brechen, lügen, betrügen und morden. Na gut, das Letzte vielleicht nicht.

11

Alles Automatik

Eine Freigänger-Geschichte

Dein eigenes Auto hat noch nicht mal elektrische Fensterheber, aber deine Katze hat seit Neuestem eine automatische Katzenklappe. Man gönnt sich und seiner Katze ja sonst nichts. Nach einem langen Einbauprozess war es dann vollbracht. Deine teure Tür, die jetzt ein Loch hat, wirst du bei Auszug wohl ersetzen müssen. Es sei denn, du findest einen Nachmieter, der ebenfalls eine Katze hat. Doch selbst wenn nicht, war die Katzenklappe den chirurgischen Eingriff an der Tür wert. Jetzt kann deine geliebte Samtpfote, wann auch immer sie will, nach draußen, ohne dich vorher bitten zu müssen. Eine komplett neue Art der Freiheit für sie, die für dich eine neu gewonnene Art der Ruhe bedeutet. Tatsächlich fühlt es sich ein stückweit traurig an, dass sie dich nicht mehr braucht, um nach draußen gelassen zu werden. Ach, wie schnell die Kleinen doch erwachsen werden.

78

Streuexperte

Mineralische Streu. Silikatstreu. Natürliche Streu. Klumpstreu. Aromatisierte Streu. Einstreu-Alternativen. Während deine Freunde sich mit Aktien, Autos oder Mode befassen, bist du Experte in den wirklich wichtigen Dingen des Lebens: der Katzenstreu. Auf der Suche nach der perfekten Streueinlage hast du keine Variante unversucht gelassen. Heute weißt du einfach alles über Geruchsneutralisierung, Klumpverhalten, Trockengewicht, Saugkraft, Haftung, Lautstärke beim Vergraben, Ergiebigkeit sowie Staubentwicklung der verschiedenen Lösungen. Wer in der Tierabteilung länger als fünf Sekunden vor dem Regal mit Katzenstreu steht und trotzdem zielsicher die schlechteste Option wählt, den belächelst du bloß milde – was für ein Amateur.

79

Deine Masche

Handwerkliche Begabung und du – das passt einfach nicht zueinander. Du hast dich daher auch nie dazu bemüßigt gefühlt, Stricken zu lernen. Bis jetzt. Denn damit du für deine Katze eine selbstgenähte Fensterbrett-Unterlage stricken konntest, hast du es dir beigebracht. Das hat in deiner Familie nämlich Tradition. Schon deine Uroma hatte eine für ihre Katze gemacht, deine Oma ebenso und deine Mutter wiederum eine für ihre. Damit wolltest du nicht brechen. Außerdem bist du mächtig stolz darauf, wenn sich deine Liebste deine selbst gemachte Unterlage als ihren Liegeplatz aussucht.

80

Gut versteckt ist halb gewonnen

Es gibt ein Spiel, für das deine Katze und du einfach nie zu alt werdet: Verstecken. Den Startschuss dazu gibt stets deine Samtpfote. Wenn sie dir starr gegenübersteht und diesen ganz speziellen Blick aufgesetzt hat, weißt du, es ist wieder soweit. Eine ruckartig angedeutete Bewegung von dir reicht aus und sie flitzt durch die Wohnung. In einem Zimmer außerhalb deiner Sichtweite sucht sie dann nach dem bestmöglichen Versteck. Du zählst bis zehn und begibst dich dann auf die Suche nach ihr. Unter dem Bett, neben der Tür, auf dem Schrank oder hinter den Vorhängen – sie hat zahlreiche Lieblingsorte, an denen sie sich für unsichtbar hält. Und du kennst sie alle. Wenn du dich mit leisen Schritten langsam ihrem Unterschlupf hinter dem Vorhang näherst, kannst du ihre Nervosität förmlich spüren. Um die Spannung auf die Spitze zu treiben, entdeckst du sie aber nicht sofort, sondern siehst alibihalber zuvor noch unter dem Bett nach. Sobald du dann endgültig Kurs auf die Vorhänge nimmst, springt sie dir mit einem großen Satz entgegen. Jetzt beginnt das Spiel von vorne, jedoch mit vertauschten Rollen. Aus dem Jäger wird der Gejagte und du läufst blitzschnell aus dem Zimmer. Denn eines hast du gelernt: Deine Katze zählt nicht erst bis zehn.

Katzen erreichen mühelos, was uns Menschen versagt bleibt: durchs Leben zu gehen, ohne Lärm zu machen.

ERNEST HEMINGWAY

81

Ein Traum aus Pappe

Es ist kein Geheimnis: Katzen stehen total auf Kartons. Besser gesagt, sie sitzen unheimlich gerne darin. Und obwohl deine Katze ansonsten in allen Bereichen eine besonders einzigartige Katze ist – in diesem Punkt unterscheidet sie sich kein bisschen von dem Rest der Katzenwelt. Deshalb steht in jedem deiner Zimmer mindestens eine dieser nicht besonders ansehnlichen Pappschachteln. Ob klein, mittel, groß oder gigantisch, für deine Katze hast du jede Form und Größe im Angebot. Du hast die Boxen aus Discountern, Baumärkten und Bioläden mitgenommen. Auch im Elektrofachgeschäft kennt man dich bereits. Wo

Wer eine Katze hat, braucht das Alleinsein nicht zu fürchten.

Daniel Defoe

andere bloß Papiermüll sehen, erkennst du das Potenzial eines Kartons, die nächste Traumbox für dein Zuhause zu werden. Einen Waschmaschinenkarton einfach so entsorgen? Niemals! Deine Sammlung an Kartons bewahrst du nicht nur in deiner Wohnung auf, sondern auch feinsäuberlich gestapelt in deinem Keller. Wo üblicherweise Einmachgläser und Fahrräder lagern, gibt es bei dir eine derart große Menge an Verpackungsmaterial, dass selbst gestandene Messies vor Neid platzen würden. So viel ist sicher: Solltest du jemals umziehen – genügend Kartons hast du auf alle Fälle.

82

Tritt ins Glück

Du bist gerade aufgewacht, gehst in die Küche, um dir ein Glas Wasser zu holen, und platsch! Schon wieder bist du mit bloßen Füssen in die Kotze deiner Katze getreten. Der empfindliche Magen deiner Katze verzeiht eben nicht den geringsten Fehler in der Ernährung. Mit ein Grund, weshalb es in deiner Wohnung nicht einen einzigen Teppich gibt. Selbst auf den Badevorleger verzichtest du. Das wiederum führt im Winter regelmäßig zu kühlen Schockmomenten an den Füßen. Es ist einfach zum Kotzen. Doch sobald deine Katze um die Ecke kommt und dich mit bewunderndem Blick ansieht, wie du ihre letzte Mahlzeit mit Küchenrolle wegmachst und im Mülleimer verschwinden lässt, ist alles wieder gut. Niemand kotzt schließlich freiwillig auf den Fußboden, das weißt du selbst noch aus deiner Jugend.

83

Strassenkatze, gib mir die Tatze

Egal wie räudig, egal wie streunend, egal wie verwahrlost: Du schaffst es einfach nicht, an einer Katze auf der Straße achtlos vorbeizugehen. Wie könntest du nur! Ganz im Gegenteil. Sobald du eine Straßenkatze entdeckt hast, wird sie von dir mit allerlei Handzeichen und akustischen Signalen angelockt. Du bleibst stehen, bückst dich zu ihr herunter und verspürst den tiefen Wunsch, sie zu streicheln. Oft zum Entsetzen deiner Reisebegleitung, die es nicht fassen kann, dass du sämtliche medizinische Reisewarnungen achtlos über Bord wirfst. Aber wozu gibt es denn schließlich Seife, Auslandsversicherungen und Rückholflüge?

84

1A GRAS

Wie man Weed anbaut weißt du nicht. Aber wenn jemand richtig gutes Katzengras sucht, dann sollte er zu dir kommen. Deine Mieze ist nämlich selbst in Sachen Katzengras nicht leicht zufriedenzustellen. Das gewöhnliche Zeug, das man fix und fertig in der Tierhandlung kaufen kann, ist für deine verwöhnte Samtpfote nicht Home-Grown genug. Für sie braucht es richtig gute Ware. Deshalb musstest du dir etwas einfallen lassen. Du hast allerlei unterschiedliche Samen ausprobiert, verschiedene Bewässerungstechniken erlernt und eigens eine Pflanzenlampe gekauft. Auch in Sachen Erde und Dünger würdest du dich mittlerweile als unbestrittenen Experten bezeichnen. Das Ergebnis kann sich sehen und schmecken lassen. Sattgrüne Katzengrashalme, die sich deine Katze reinzieht, als wäre es der beste Stoff frisch aus Kolumbien. Oder Jamaika. Oder wo auch immer Katzengras tatsächlich herkommt.

85

BLINDFLUG

Zu den wohl großartigsten Erfindungen der Menschheit gehören der elektrische Strom und die Glühbirne. Einer der besten Diebe von Erfindungen war übrigens Thomas Alva Edison, aber das nur nebenbei. Denn in dieser Geschichte geht es um Licht, oder besser gesagt die Abwesenheit davon. Denn obwohl es auch bei dir in jedem Zimmer Lichtschalter und Lampen gibt, bleibt bei dir das Licht oft aus. Du möchtest mit den hellen Glühbirnen nicht die Äuglein deiner dösenden Katze strapazieren. Sie soll in Ruhe weiterschlafen können, wenn du dich morgens auf den Weg ins Bad machst oder spät abends nach Hause kommst. Doch während der morgendliche Blindflug ins Bad keine große Herausforderung mehr für dich darstellt, vergisst du beim nächtlichen Heimkommen oft, dass du etwas auf dem Boden abgestellt hattest. Die Folge ist ein 10x höheres Sturzrisiko als in anderen Haushalten. Zumindest laut deiner eigenen Einschätzung, unter Berücksichtigung der monatlich angestoßen Zehen. Offizielle Statistiken zu diesem Thema liegen (noch) nicht vor.

86

FOTOTERMIN

Von wem gibt es auf dieser Welt mehr Fotos als vom Dalai Lama, Lady Diana und Michael Jackson zusammen? Exakt, von deiner Katze. Seitdem du sie zum ersten Mal gesehen hast, kannst du nicht aufhören, Bilder von ihr zu schießen. Ständig drückst du auf den Auslöser, um die ganz besonders süßen Momente festzuhalten. Und von denen gibt es schließlich eine ganze Menge. Kein Wunder also, dass mittlerweile der komplette Speicher deines Smartphones voll mit Katzenbildern ist. Es versteht sich von selbst, dass das beste davon dein Hintergrundbild geworden ist. Und das deines Sperrbildschirms. Und der Screensaver auf deinem Laptop. Und ja, du hast es auch ausgedruckt und trägst es als Schlüsselanhänger und in deiner Geldtasche immer bei dir. Es ist aber auch ein ganz ausgesprochen gelungenes Foto, das muss man schon sagen.

87

Gib mir Tiernamen

Natürlich hat deine Katze einen Namen. Aber wenn du ehrlich bist, hat sie eher eine ganze Handvoll davon. Spitznamen, Kosenamen, Zweitnamen und gelungene Namenskreationen, die ihr Wesen und Verhalten unterstreichen. Natürlich hört sie grundsätzlich auf keinen einzigen davon. Oder immer bloß dann, wenn sie Lust dazu verspürt. Macht nichts. Du hast trotzdem große Freude daran, dir immer wieder einen neuen Namen für dein Fellmonster auszudenken.

88

HOCH HINAUS

„Man wird nicht jünger“ und „Alte Angewohnheiten legt man nur schwer ab“. Beides Sprichwörter, die perfekt auf deine Katze zutreffen. Denn obwohl deine Katze nicht mehr so agil ist, will sie nach wie vor nicht auf ihren Lieblingsaussichtsplatz verzichten, den sie in jungen Jahren für sich entdeckt hat. Er befindet sich hoch oben auf deinem großen Kleiderschrank. Dieser Bereich zwischen Schrank und Zimmerdecke – für deine Liebste ist es der Himmel auf Katzenerden. Dass ihr schon längst die Kraft fehlt, um mittels Stuhls auf den Schrank zu springen, hat sie nach einigen gescheiterten Versuchen eingesehen. Deshalb gleich auf den Ausblick verzichten zu müssen allerdings nicht. Jetzt musst du ran. Mindestens einmal am Tag wirst du von ihr zu Hilfe gerufen. Sie steht dann wehklagend vor dem Schrank und blickt dich mit traurigen Augen an. Erst wenn du sie nach oben gehoben hast, gibt sie Ruhe. Weil aber alles, was nach oben kommt, bekanntlich auch irgendwann runtermuss, rückst du ein zweites Mal aus, wenn sie wieder auf den Boden gesetzt werden möchte. Wie gut, dass du nichts lieber tust, als deinem Weggefährten alle Wünsche zu erfüllen.

89

Der letzte Biss

Es gibt Essen, das schmeckt nicht nur dir richtig gut, sondern auch deiner Katze. Eigentlich findet sie alles toll, was du auch lecker findest. Zum Beispiel den Lachs beim Sonntagsbrunch. Dann springt sie auf den Stuhl neben dir und starrt zuerst das Stück Lachs an, dann dich. Dann wieder das Stück Lachs, dann wieder dich. So geht das eine Weile weiter, bis du schlussendlich schwach wirst. Und obwohl dein Brot ohne Lachs nicht einmal einen Bruchteil so gut schmecken wird, nimmst du das zartrosa Stück Fisch zwischen deine Finger und beförderst es in den hungrigen Rachen deiner Katze. Ihre Schmatzgeräusche bringen dich dabei immer wieder zum Lächeln. Das macht dich mindestens so glücklich wie der Geschmack von feinem, fangfrischem, sauteurem Lachs.

90

HAIR IS THE NEW BLACK

Wie gerne du doch früher Schwarz getragen hast. Schwarz, schwarz, schwarz, waren alle deine Kleider. Schwarz, Schwarz, Schwarz, das hattest du so gern. Eine Farbe, die einfach zu allem passt. Außer zu Katzenhaaren. Anfangs hattest du noch gehofft, dass sich durch regelmäßiges und gründliches Bürsten die Menge der losen Katzenhaare in den Griff bekommen lassen würde. Aber da hattest du dich getäuscht. Sobald ein schwarzes Kleidungsstück deinen Kleiderschrank verlassen hatte, waren wie von Zauberhand im Nu Hunderte von feinen Katzenhaaren darauf verteilt. Deshalb hattest du eines Tages schweren Herzens beschlossen, alle schwarzen Klamotten aus deinem Kleiderschrank zu verbannen. Deine Kombinationsmöglichkeiten in Sachen Outfits sind dadurch rapide Richtung Keller gesunken. Dafür sparst du dir aber eine Ewigkeit an Zeit, die du nicht mehr mit der Fusselrolle verbringen musst. Zeit, die du lieber in Streicheleinheiten für deine Katze investierst.

91

GÄHN-TEST

Deine Katze sieht und hört alles. Nie kannst du dich ungesehen an sie heranschleichen, um sie zu überraschen. Es gibt nur einen einzigen Moment, in dem sie dir schutzlos ausgeliefert ist: immer dann, wenn sie gähnt. Sobald sie ihr Maul in deiner Gegenwart weit aufreißt und ihre Augen dabei zusammendrückt, kannst du der Versuchung nicht widerstehen und hältst deinen Zeigefinger direkt zwischen ihre Zähne. Wenn sie das Maul kurz darauf wieder schließt, beißt sie völlig verblüfft auf deinen Finger. Der Blick, den sie dir dann zuwirft, ist einfach unbezahlbar.

92

Tag der offenen Tür

Ähnlich wie im Büro gilt auch bei dir zu Hause eine „Open Door Policy". Du lässt alle Türen offen und ermöglichst deiner neugierigen Katze jederzeit überall Zutritt, denn sie soll sich zu keiner Zeit ausgeschlossen fühlen. Positiver Nebeneffekt: Du musst nicht ständig aufstehen, um ihrer Eminenz die Türen zu öffnen. Natürlich hat es eine Zeit lang gebraucht, bis du dich an dieses unverschlossene Lebensgefühl gewöhnt hast. „Offene Türen, auch beim Sex?", kam die Frage aus deinem Freundeskreis. Ja, auch dann. Aber die Tür nicht weit aufgerissen, sondern in den Rahmen angelehnt. Das Zeichen für deine Samtpfote, dass es diesmal angebracht wäre, den Raum nicht zu betreten. Sie besitzt auch so viel Anstand, es nicht zu tun. Zumindest meistens.

93

FÜR DIE KATZ'

Dein neuer Eames Stuhl ist eine schöne Sache. Findet auch deine Katze. Deshalb hat sie sich, stilsicher wie sie ist, eben diesen als ihren neuen Lieblingsplatz auserkoren. Natürlich hat sie nicht wie du ein halbes Leben für ihn gespart. Warum sie deshalb aber kein Anrecht auf ihn haben sollte, sieht sie nicht ein. Ganz im Gegenteil, ihr Besitzanspruch hat sich seit der Ankunft des Stuhls stetig gesteigert. Zu Anfang durftest noch du zuerst auf ihm Platz nehmen, sie machte es sich anschließend auf deinem Schoss gemütlich. Seitdem sie aber herausgefunden hat, dass es sich ohne lästigen Menschen dazwischen noch besser liegen lässt, sind deine Tage auf dem Eames gezählt. Für dich Platz machen? Fehlanzeige. Und eins muss man ihr lassen: Sie sieht auf dem Stuhl einfach verflucht gut aus.

Das Leben und dazu eine Katze, das gibt eine unglaubliche Summe.

RAINER MARIA RILKE

94

HILFE, ES TROPFT

Beim Gedanken an eingelegte Salzgurken läuft dir das Wasser im Mund zusammen. Bei deiner Katze passiert dasselbe, wenn sie es sich auf dir bequem gemacht hat und sich von dir ausgiebig streicheln lässt. Nur bleibt das Wasser dann meistens nicht in ihrem Mund, sondern sie sabbert schön auf dich herab. Links und rechts von ihren Lefzen tropft es praktisch im Sekundentakt. Von einem Wasserfall zu sprechen, wäre etwas übertrieben. Ihr ein Sabberlätzchen umzubinden, aber wohl nicht. Hörst du deshalb auf, sie zu streicheln? Niemals.

95

Überlebenschancen

Früher hattest du jede Menge Krimskrams in deiner Wohnung rumstehen. Vasen, kleine Figürchen und alles, was du sonst als schön betrachtet hast. Über die Zeit hatte sich da so einiges angesammelt und stand auf Schränken, Tischen und Regalen. Doch dann zog deine Katze ein, mit der das beschauliche Herumstehen ein jähes Ende fand. Eine Sache nach der anderen wurde durch so manche ungalante Bewegung von ihr zu Boden geschleudert und ging zu Bruch. Seitdem steht alles fein säuberlich verpackt in mehreren Kartons im Keller. Alles? Nein, nicht alles. Eine einzige, leicht zerbrechliche Vase gibt es noch in deiner Wohnung. Natürlich könntest du auch sie irgendwo hin retten, wo deine Katze sie nicht erreicht. Aber wo bliebe da der Nervenkitzel? So spielst du jeden Tag aufs Neue ein gefährliches Spiel, indem du sie auf deiner schmalen Kommode stehen lässt. Wenn du morgens das Haus verlässt, fragst du dich bereits, ob die Vase abends noch leben wird. Andere gehen für ihren Kick ins Casino, du lebst mit einer Katze.

96

Halb-Waschtag

Du legst grundsätzlich großen Wert auf eine gewisse Sauberkeit in den eigenen vier Wänden. Deine Katze wiederum bevorzugt das Chaos. Vor allem am Boden liegende Kleidung findet sie prima. Du tust ihr den Gefallen und lässt bewusst immer eine Schicht Klamotten auf deinem Zimmerboden wuchern. Deine Katze fühlt sich in dem Saustall immer bestens aufgehoben und genießt ein Bad zwischen Hosen, Socken, Shirts und Pullis. Auch deinen Waschtag hast du ihr zuliebe angepasst. Zwar hast du ihn nach wie vor im Kalender angestrichen, deine ganze Wäsche auf einmal reinigst du aber längst nicht mehr. Denn es gibt jemanden, der deine dreckige Wäsche dringender benötigt, als du saubere: dein Stubentiger. Gefühlt gibt es nämlich keinen Ort, an dem deine Katze lieber Zeit verbringt als in der Nähe deines Wäschebergs. Je nach Tageszeit schläft sie dort, versteckt sich oder setzt sich darauf. Wenn du die gesamte Wäsche auf einen Schlag wegnehmen würdest, wäre das fies. Seelische Grausamkeit, hinterlistige Tücke, aber immer mindestens Boshaftigkeit – zumindest, wenn es nach der Meinung deiner Katze geht. Und um ihre Meinung über dich dreht sich schließlich doch alles, oder etwa nicht? Deshalb machst du immer bloß die Hälfte der Wäsche und reservierst dir dafür doppelt so viele Waschtage.

97

Zu spät für Diät

Du kannst deiner Katze keinen Wunsch abschlagen. Nirgendwo wird das so offensichtlich wie beim Fressen. Besser gesagt: bei ihrer Körperfülle. Sie auf Diät setzen? Das würdest du nicht über das Herz bringen. Wenn sie dich mit ihren großen Augen ansieht, sobald du eine Wurstverpackung öffnest, ist es um dich geschehen. Da ist es doch selbstverständlich, dass du für sie ein Stückchen zu Boden fallen lässt. Und wenn du vor dem Fernseher einen Becher Eis genießt, wie sollte es dir schon gelingen, sie nicht davon probieren zu lassen? Beim besten Willen, das schafft niemand. Außerdem gehst du prinzipiell davon aus, dass sie aus purem Urinstinkt weiß, was gut für sie ist und was eben nicht. Ein Katzenkörper spürt so was schließlich … oder? Also friss, liebes Kätzchen, friss so viel du willst.

Prioritäten setzen

Deine Katze hat geschafft, dass du all deine Grundbedürfnisse hinter ihre stellst. Wenn du heimkommst, gibst du zuerst ihr zu fressen, erst danach kochst du für dich. Du reinigst lieber noch schnell das Katzenklo, selbst wenn du selbst dringend auf die Toilette müsstest. Allgemein stellst du ihre Zufriedenheit über deine. Selbst auf jedes noch so kleine Niesen deiner Katze folgt stets ein lautes „Gesundheit“ deinerseits. Dann sieht sie dich mit ihren kleinen Augen zwar immer etwas komisch an, aber insgeheim versteht sie, dass es etwas Nettes ist, was du in diesem Moment sagst. Erst Katze, dann Mensch. Erst sie, dann du. Wäre doch alles bloß so einfach.

Von Katzen versteht niemand etwas, der nicht selbst eine Katze ist.

NATSUME SÔSEKI

99

Lobet und preiset die Katz'

Du verteilst grundsätzlich selten Lob, aber bei deiner Katze machst du gerne eine Ausnahme, auch wenn es kaum echte Gründe dafür gibt. Umso schneller bist du zur Stelle, wenn sich auch nur die geringste Chance ergibt. Alles Futter aufgefressen? Brav! Nicht am Teppich gezupft? Richtig brav! Sie hat aufgehört, dich grundlos zu attackieren? Supermegabrav! Zusätzlich überhäufst du sie ständig mit den schönsten Komplimenten. Mit jeder Menge davon. Die genießt sie mindestens genauso sehr, wie die Streicheleinheiten, die sie währenddessen bekommt. Wer hört schließlich nicht gerne, wie schön und wundervoll man ist, während man massiert wird? Eben.

Katzen haben gerne offene Türen – für den Fall, sie entscheiden sich doch anders.

UNBEKANNT

100

Zum Küssen sind sie da

Als du letztens deine Katze in den Händen hieltest, kam dir folgender komischer Gedanke: Es gibt niemanden auf der Welt, den du öfters geküsst hast als deine Katze. Du kommst einfach nicht umhin, ihr täglich zu zeigen, wie sehr du sie liebst. Ob am Morgen zur Begrüßung, zur Verabschiedung, beim Heimkommen, zwischendurch oder nebenher: Deine Katze bleibt zu keiner Tages- und Nachtzeit von deinen Kuss-Attacken verschont. Wenn sie ehrlich ist, findet sie das auch ganz toll, sie ist bloß zu stolz, es auch zu zeigen.

101

Deine persönliche Nr. 101

Jede Katze ist einzigartig. Deine Liebe zu ihr ebenfalls. Deshalb gibt es bestimmt etwas Besonderes, was du aus Liebe zu deiner Katze oder deinen Katzen tust. Etwas Kleines, Großes, Spannendes oder Verrücktes? Etwas, dass du niemandem erzählst, weil man dich sonst für irre hält? Ja, für uns Katzenliebhaber ist das normal. Lass mich gerne wissen, was du aus Liebe zu deiner Katze tust. Ich würde mich sehr freuen, von dir zu hören. Wer weiß, vielleicht wird deine Story schon bald Teil einer nächsten Geschichte.

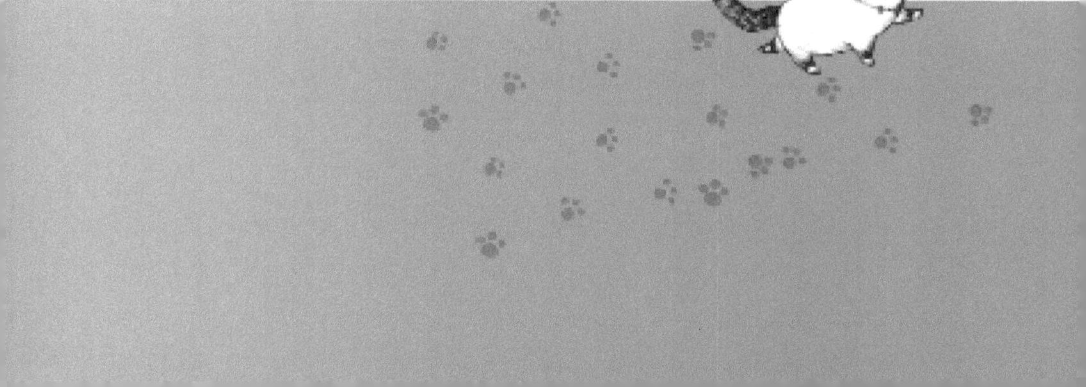

DANKESCHÖN!

… für den Kauf meines Buches. Ich hoffe, es hat dir gefallen. Ich würde mich übrigens riesig freuen, wenn du mir dein Feedback dazu mitteilen würdest. Es wäre toll, wenn du dir dafür kurz Zeit nehmen könntest, eine Kundenrezension auf Amazon zu verfassen. Muss auch gar nicht lang sein. Am besten jetzt. Jetzt gleich. Cool. Dadurch hilfst du nicht bloß mir, sondern auch anderen möglichen Leserinnen und Lesern einen besseren Eindruck vom Buch zu bekommen – und im besten Fall die richtige Kaufentscheidung zu treffen. Vielen Dank!

Printed in Poland
by Amazon Fulfillment
Poland Sp. z o.o., Wrocław

30369650R00081